ハヤカワ文庫JA

〈JA1527〉

嘘と正典

小川 哲

早川書房

8826

目次

嘘と正典

魔術師

「私の師匠であるマックス・ウォルトンは、ロサンジェルスの小さなパブではじめて会ったときにこう言いました。『マジシャンにはやってはいけないことが三つある。お前は知っているか？』と――」

　観客席を映していたカメラがステージを向く。照明が少しずつ明るくなり、暗闇がぼんやりと白く光る。ステージの中央には、タキシードを着てシルクハットをかぶった竹村理道が立っている。年齢の割には老けているように見えるが、それでもまだ十分に男前だ。自分に注目が集まったとわかると、彼は不敵に微笑んで観客席を眺めまわした。この視線だ。いつもこの視線に心臓が高鳴ってしまう。彼の視線は何かの電波を発するみたいに、人々の頭を麻痺させる。それは最大の武器だった。その武器のおかげで、彼は日本マジック界の頂点に立った。そしてそれだけでなく、幾人もの女性を惑わせて数億円もの金を借り、最終的に自らの人生を破壊してしまった。

「――私は正直に『わかりません』と答えました。なぜなら、当時の私は『やってはいけないこと』など存在してはならないと思っていたからです。『やってはいけないこと』を決めてしまうことが、むしろマジックの可能性を狭めているのではないか。ステージの上ではあらゆる現象が起こり得るのではないか、と」

タイミングはバッチリだ。理道が指を鳴らした瞬間、ステージ全体が明るくなり、彼の後ろに黒く巨大な装置が置いてあったことがわかる。装置の中央には筒状のガラスがついていて、その上下から複雑に伸びた配線が横の機械に接続されている。機械の上には大きなモニターが吊るされていた。

一九九六年六月五日十九時十二分。

モニターの下部には意味ありげな赤い文字で、時刻がただ映しだされているだけ。

十二分が十三分に変わる。

「マックス・ウォルトンは一つ目に、『マジックを演じる前に、説明してはいけない』と言いました。どういう意味でしょうか？　そうですね、私は今から鳩を出します」

理道はかぶっていたシルクハットを取り、そこから次々に五羽の白い鳩を出していった。

それはマジックではなく、芋掘りのようだった。理道は出した鳩を淡々とステージに放っていく。観客たちはどういう反応をすればいいのかわからず静まり返ったままだ。静寂の中に、誰かが咳きこむ音が虚しく響く。

「わかりましたか？　鳩を出します、と宣言してから鳩を出しても、誰も驚きません」

ステージの袖から大きな羽根で覆われた、派手な衣装を着たアシスタントの女性が歩いてきて、ゆっくりとした手つきで理道が出した鳩を回収した。女性は捕まえた鳩を一羽ずつ羽根の間にしまっていった。最後の鳩が見えなくなると、理道は小さく会釈をして、ふたたび観客席を眺めまわして微笑んだ。

何かが起こる。そんな空気が漂う。

理道は背中から宝石で装飾された杖を出し、アシスタントに向かって杖を持った右手を伸ばした。

その瞬間、アシスタントの女性が消えた。

観客席から驚きの声が漏れる。

「このように、何も言わずに突然何かの現象を起こすことで人々は驚くのです。マックス・ウォルトンは正しかった」

すぐに大きな拍手が生まれた。

二十二年前の僕も、最前列で拍手に加わっていたはずだ。僕はまだ十歳だった。隣に座っていた年の離れた姉は拍手に加わらず、僕の耳元で小さく「マスコット・モスね」とつぶやいた。「こんなことで拍手なんてしなくていいのに」

今、僕は自宅のリビングで理道の最終公演の映像を見ている。それはつまり、コマ送りにすれば、彼がどのようにして女性を消したのか一目瞭然だということだ。三十二歳になった僕は「マスコット・モス」の意味も知っているし、理道がアシスタントを消した手段もわかっている。仕組みは思いのほか複雑だ。アシスタントが鳩を回収している間に、彼女の衣装を針金とチューブで支える。すべての鳩を回収し終えると、理道が派手な杖を出す。そのとき、実は彼女は鳩と一緒にこっそりステージ下へ消えていて、理道の前には衣装だけが残っているのだが、大げさな衣装のせいで観客席からはわかりづらくなっている。理道が抜け殻になった衣装に杖で魔法をかける。衣装が小さな隙間から一瞬にしてステージ下に引きこまれ、アシスタントが消えたように見える。

「消える美女（マスコット・モス）」の完成だ。

「マジシャンがやってはいけないことの二つ目は、『同じマジックを繰り返してはいけない』で、三つ目は『タネ明かしをしてはいけない』です」

理道は胸元から出したシルクのハンカチを斜め上に放り投げた。ハンカチは遠くへ飛んでいき、天井の近くで舞台袖に入ると鳥のように会場中を飛びまわりはじめ、最後に理道の手元に戻った。静寂ののち、観客席から驚きの声と拍手が聞こえた。ハンカチが鳥に変わったからではない。理道がいつの間にかグレーの作業服姿になっていたからだ。

拍手が止んでから、理道は再び別のハンカチを取りだし、先ほどと同じように投げた。しかしハンカチの行き先を見る者は誰もいなかった。理道の後ろにかがんで現れたアシスタントが彼の背中を強く引くと、作業服の下から先ほどまでと同じタキシードが現れた。アシスタントはそのまま幕の後ろへ戻り、理道の手にハンカチが戻ってくる。観客席から大きなため息が漏れた。

「これで、マックス・ウォルトンの正しさがわかりましたか？」

観客席から笑い声が聞こえる。

「『繰り返さない』と『明かさない』です。この二つは似ています。マジックとは基本的に、仕掛けを知ってしまえばつまらないものばかりです。同じマジックを繰り返せば、タネを見破られる危険性が高まります。ましてや自分からタネ明かしを行うなど、もってのほかです――以上が『マジシャンがやってはいけない三つのこと』です。これはマックス・ウォルトンが考えついたものではなく、ハワード・サーストンという偉大なマジシャンの言葉として、一般的に『サーストンの三原則』と呼ばれています。この三原則をはじめて聞いたとき、駆け出しマジシャンだった私は、こんなものはマジシャンの理想を制限する無駄な掟だと感じました。先ほども述べましたが、マジックにはすべてが可能だと信じていたんです。何かを消すことも、何かを出すことも。みなさんの願望を叶えることも、大きな傷跡を癒すことも。『やってはいけないこと』を打ち破るのもまた、マジックでしょう。ですが、それからしばらくして、プロのマジシャンになった私は、『サーストンの三原則』の正しさを理解しました。それは間違いなく、セオリーとして従うべき掟でした。その正しさは、今みなさんにお見せした通りです。『説明しない』『繰り返さない』『明かさない』の三つは、私だけでなく、すべてのマジシャンが守るべき掟とされています。そして、この禁忌を破ったステージは失敗する運命にあるのです」

マジックは演出がすべてなの――理道と同じようにプロのマジシャンになった姉は、僕が文化祭で披露したステージを見てそう言った。

当時高校生だった僕は、文化祭の奇術ステージで電磁石コイルを使うことに決めた。僕は「今から浮きます」と宣言し、ステージ下に隠しておいた磁石の力で少しだけ宙に浮いた。それなりに反応はよかったが、後ろで見ていた姉は眉間に皺を寄せていた。

家に帰ると、姉はありきたりな「電磁石」というタネを、素晴らしい演出で傑作に変えた伝説のマジシャン、ロベール・ウーダンの話を始めた。アルジェリアの呪術師と魔術勝負をすることになったウーダンは、マジックに電磁石を使うことに決めたが、彼は電磁石の力を逆に使ったのだ。彼は金属の仕込まれた小さな箱を軽々と持ち上げてから、力の強そうな部族民の男をステージに呼んだ。ウーダンは男に向かって「力を奪う魔法をかけます」と杖を振った。男は箱を持ち上げようとしたが、電磁石の力でびくともしない。小さな箱を持ち上げようとしてバランスを崩した男を見て、部族民たちに笑いが広がった。マジシャンが呪術師に勝利した瞬間だった。

マジックは演出がすべてだ。

今の僕はそれをよく知っている。もちろん技術や仕掛けも大事だが、それが活きるかどうかは演出にかかっている。上手に演出すれば市販のマジック品でも人々は驚くし、演出が下手だとどれだけ高度な技術があってもショーは台無しになる。「今から浮きます」と言って自分を浮かすだけだった僕の舞台を、プロの姉がどういう風に見ていたのか、今だったらわかる。僕は、自分を浮かすために必要な演出をしなければならなかった。

「ですが、ここ最近、私は再び考え方を変えました」

理道が険しい顔をする。「何年もステージをしているうちに、まだ若造だったころの自分の声が、心の底から沸き上がってきたのです。やはり、マジックではすべてが可能なのではないか。ステージで奇跡を起こすことができるのではないか。大昔、まだ何も知らなかったころの私が正しくて、なまじ知識を得た私は間違っていたのではないか。さあ、紳士淑女のみなさま。今宵、私はサーストンの禁忌に挑戦します――」

丁寧に「サーストンの三原則」の意味と価値を説明してから、理道はそう宣言した。

「――つまり、説明し、繰り返し、タネ明かしをします。なぜならその行為が、私のマジックを成立させるために必要な手順だからです。しかもその上で、みなさまに、歴史上実演された、すべてのマジックを上回る驚きを与えると宣言します。私はマジックに挑戦します。そして私は、何も持たずアメリカへ渡ったころの過去の自分に挑戦します」

ステージが暗転する。モニターに十九時四十分という赤い文字が不気味に浮かんでいる。

見事な演出だった。

観客にまず、マジックの原理を理解させる。その上で、その原理に挑戦すると宣言する。理道は今からマジックをするのではない。マジックを超えた何かをするのだ。

この演出のポイントは、実際のところ「サーストンの三原則」がマジシャンの禁忌でもなんでもない点にある。「今からコインにタバコを貫通させます」と、次に起こる現象を説明してからマジックを行うマジシャンもいるし、似たようなマジックをタネだけ変えながら、何度も繰り返す演目もある。

まだステージは暗転したままだ。

スタッフが撮ったこの公演映像を、いったい何度見返しただろうか。

肝心の「歴史上実演された、すべてのマジックを上回る」マジックは、この段階ではの「巨大な装置」の伏線が敷かれただけだ。だが、この時点で僕を含む観客は、すでに理道の「演出」という魔法にかかっている。存在しない「禁忌」が存在するように思わされ、それに挑戦するマジシャンとして理道がこれから何をするのか期待している。

もちろん僕は、このあとどんなマジックが実演されるのか知っている。当時劇場でも観たし、映像でも繰り返し見た。

だが実を言うと、僕がもっとも感動したマジックは、このオープニングそのものだった。

理道はタネを蒔き、観客に魔法をかけ、これ以上ないほど周到に、これから起こす奇跡の準備をしたのだ。

空前絶後のマジックを最高の状態で見せる——ただそれだけのために。

＊

ウィキペディアによると、竹村理道の父——つまり僕の祖父——はアメリカ進駐軍相手の舞台で、フーディーニの演目「中国の水牢」の最中に事故死したことになっているが、これは誤りである。出典は悪評高い理道自身の回顧録だ。この本は彼のステージと同様、虚飾や誇張、ミスディレクションだらけなので、真偽には特に注意しなければならない。実のところ、理道の父は飲酒運転をして対向車線のトラックに突っこんで死んだ。残された母はそれから五年後、三十一歳の若さで自殺している。八歳の理道と六歳の弟は札幌に住む叔父の一家に預けられることになった。

どちらにせよ、実の父が進駐軍向けのマジックをやっていたことが彼の人生を変えた事実は間違いないだろう。理道は高校中退後、十七歳の若さで単身ロサンジェルスへと旅立つ。

「バンブー・リドーという名前で小さな酒場や路上に立って、マジックで日銭を稼ぐんだ。宿の見つけ方は簡単だった。レモンの中から観客が選んだトランプが出てくるマジックがあるだろう？　そのトランプに『今夜の宿がありません』って書いておくんだ。そうするとみんな大爆笑して、誰かが宿を提供してくれるのさ。そんなことを毎日繰り返してたよ」

回顧録のこの記述は嘘か誇張だと思われる。理道の弟は、ロサンジェルスにあった彼の下宿先に、叔父が多額の仕送りをしていたと証言している。だが十八歳のとき、小さな舞台でマックス・ウォルトンと知り合ったという記述は事実だろう。翌年のウォルトン一座の全国ツアーに理道の名前がある。

ウォルトン一座への所属は二年しか続かなかった。出演料をめぐって口論になったらしいが、これに関する真偽のほどは不明だ。とにかく理道は二十歳で日本に帰ってきて、デパートでマジック用品の実演販売を始めた。デパートの販売員だった母とはそのころに知り合ったようだ。二人は二年後に結婚し、翌年には姉が生まれている。

実演販売を続けながら、理道は小さな劇場やパブでステージをこなしていた。背が高くて見た目もよく、独特の低い声は劇場でもよく通った。技術もあり、四つ玉にはかなり定評があったが、マジシャンとしての知名度は低かった。そんな理道の人生は、一九七三年、二十七歳の彼が三越劇場で行われた奇術大会で優勝したことをきっかけに大きく変わる。

奇術大会を見ていたテレビ局のディレクターが、理道に番組出演のオファーを出したのだ。それを受けた理道はテレビで「八つ玉（四つの玉を出し入れするスライハンドを、両手で同時に行うという高度なマジック）」を披露して話題になる。じっとテレビカメラを見つめながら、ゆっくりと一つ目の玉を出す。その玉が消えたと思ったら、次の瞬間には二つに増えている。二つは四つになり、四つが八つになる。

理道はその後もテレビ出演を続け、一躍マジック界のスターとなっていく。特番で東京タワーを消し、縛られた状態で茨城県の袋田(ふくろだ)の滝から落ちて蘇(よみがえ)った。当時のマジックブームの中心には、間違いなく理道がいた。

売れっ子マジシャンとなった理道は、積年の夢を叶えようと決める。それは「リドー魔術団」の結成だった。ウォルトンの弟子だった時代から、理道は自分の一座を持ちたいと考えていたようだ。

だが、魔術団の運営には莫大な金がかかった。それまで、ほとんど道具を使わないスライハンドマジックを中心に舞台に出ていた理道は、魔術団の運営にどれくらい金がかかるかわかっていなかったのだろう。舞台に設置する大道具や仕掛け、宣伝の費用やポスターの印刷代、団員に支払う給与などで、テレビで稼いだ彼の貯金はあっという間になくなった。理道は札幌に住む叔父の自宅を抵当にして借金をしたが、その金もすぐに尽きた(叔父夫婦はそれ以来、借家暮らしをすることになる)。

そのあたりから理道の生活は歪(ゆが)んでいく。売れ残った東京公演のチケットを一括購入してくれた女性と交際を始めたのを機に、複数のパトロンと付き合うようになる。彼の交友関係が派手になっていくのはこのころだ。彼には金を稼ぐ才能はなかったが、天才的な演出力、演技力があった。金を借りるために、理道は「自分が儲(もう)かっている」という演出を始めた。理道にとって、借金もまたステージだったのだ。高級車を何台も買い、大きなダイヤモンドのついた腕時計を巻いた。そうして借りた金を返すためにまた金を借り、困ったときは女性のパトロンを頼った。

そのころに理道は回顧録を出版し、翌年には自ら監督と主演を務めて映画を撮る。この映画は完全に駄作で、彼の借金はさらに膨らんだ。

映画の公開から一年後の一九八五年——理道が三十九歳の年——リドー魔術団は給料の不払いから解散し、彼と僕の母は離婚し、そして離婚後に僕が生まれた。

その年、理道は一度死んだのだ。

＊

「私はこれまでに、数多くの過ちを犯してきました。そのうちのいくつかはみなさまもご存じでしょう——」

巨大な装置の中央にあるガラスの円筒の前に立った理道がそう口にする。観客席に緊張が走る。

「——ここ最近、私はずっと考えていました。もう一度、自分の人生をやり直すことはできないだろうか、と。私はそのために、タイムマシンを作ることに決めたのです。そうです。みなさまが目にしているこの巨大な装置は、タイムマシンなのです！　この中に入り、時刻を設定すれば、私は過去の好きな時間に飛ぶことができます――」

観客席にどよめきが広がるが、理道は気にせず続ける。「――先ほど私はマジシャンの禁忌を冒すと言いました。まず、これから何が起こるか説明しましょう。これから私はタイムマシンで過去へ飛び、それが嘘ではないという証拠をみなさまにお見せします。そして、私は過去への旅を何度か繰り返します。それらの奇跡のタネは、すべてこのタイムマシンにあります」

＊

生まれる前に両親が離婚してしまっていたので、僕は父である理道のことをよく知らなかった。

離婚後、母は理道と出会ったデパートの販売員に復帰した。十六歳年上の姉は、高校卒業後にマジック用品の実演販売を始め、休日はマジックバーや小さな劇場でショーをする生活だった。若いころの理道と同じだ――そう指摘すると姉は不機嫌になった。

肝心の理道は離婚とともに姿を消した。

しばらくワイドショーが彼の行方について騒ぎたてた。パトロンの女が匿っているという噂もあったし、暴力団と揉めて殺されたという噂もあった。海外へ逃亡したという噂もあれば、別名でまだマジシャンを続けているという噂もあった。タチの悪い借金取りが毎日のように自宅に来たせいで、僕たち一家は何度も引越しを繰り返したらしいが、幼かったので覚えていない。姉が理道を嫌いになったのは引越しと借金取りのせいらしい。離婚するまでは、姉は理道によく懐いていたと聞く。

時は経ち、理道に代わって新しい若手のマジシャンたちがテレビに出るようになった。テレビで堂々と「竹村理道がすごいのは顔だけ」と口にするマジシャンもいた。ひとつの時代が終わったのだ。

それからしばらくすると、今度は誰も理道の話をしなくなった。理道は過去の人になった。テレビでもてはやされ、自費で映画を撮って失敗し、借金をして消えていった。それは魔術団で彼が好んだ消失マジックとは違っていた。単に、人々の記憶から消えつつあったのだ。

理道の娘であることを隠して活動していた姉は、スライハンドの技術で少しずつ仕事を広げ、企業の宴会や、デパートでのショーに出演するようになった。二十二歳で姉は実演販売を辞め、プロのマジシャンとして生きていくことに決めた。マジシャンとして姉の収入が安定し、実家の近くで一人暮らしを始めたころ、母はデパートの上司と再婚した。

僕は九歳だった。

行方不明になっていた理道から手紙が届いたのはそのころだ。僕はおぼろげながら、その日のことを覚えている。

小学校から帰宅すると、玄関で母が手紙を持ったまま呆然と立ち尽くしていた。母の脇をすり抜け、僕は居間にランドセルを置いた。母はまだ動かなかった。僕が何か声をかけ、ようやく母は我に返った。夕方になると姉がやってきて、母から手紙を受け取った。読み終わると姉は手紙を破り、そのままゴミ箱へ捨てた。

『迷惑をかけてすまなかった。俺は生まれ変わった。借金は返した。もう一度やり直したい』たしか、そんな内容だったよ」

それから数年後に、僕があの日の手紙のことを聞くと、姉はそう答えた。「ああ、そういえば、ショーのチケットが入ってた。『もしその気があるなら、ぜひ観にきてほしい』って。行くわけないのに」

「どうして破り捨てたの？」

「覚えてないけど、再婚相手のお父さんに見せるわけにはいかないと思ったからじゃないかな。あ、もしかしたら腹が立ったからかも」

とにかく、竹村理道は復活した。

小さな劇場で行われた初回の公演は、かつてのファンで満席になった。評判はよかった。

タイムマシンを使った今までにない新しいショーだという噂だった。次の公演は全五回で、
それなりに大きな劇場だったが、発売日にチケットはすべて完売した。

姉と僕はその最終公演を観にいった。

「ひとりのマジシャンとして気になったの。同業者の間でも、とても評判がよかったから」

大人になってから僕が、理道のショーを観にいった理由について聞くと、姉はそう答えた。「もちろんあいつからもらったチケットじゃない。知り合いのマジシャンが手に入れていて、余ったからって譲ってくれたの。二枚あったんだけど、お母さんは『行きたくない』って言うから、仕方なくあんたを連れてったってわけ」

二十二年も前の話だ。本当のところはわからないが、僕は姉が自分で買ったのではないかと疑っている。

ともかく僕は、理道が姉に、公演前に仕掛けたマジックについて覚えている。

僕たちが劇場へ行くと、入り口のあたりで若い女性に「ちょっと待ってください」と声をかけられた。

「どうかしましたか？」

姉が怪訝そうに聞くと、女性は「突然すみません」と頭を下げた。「公演のスタッフをしている若林です。理道さんから、今日の公演にあなたたちが来るはずだと聞いていたんです。最前列をお二人分用意してあるので、そこで観てください」

「結構です」と姉は断った。理道に最終公演へやってくることを見透かされて、不機嫌になっているように見えた。

若林という女性は険しい表情の姉に「実は、理道さんから言伝があるんです」と言った。

「『私のマジックの仕掛けを見破って、恥をかかせたくないか？』とのことです」

「はあ？」

見事に理道のマジックにかかってしまった姉は、「絶対に見破ってやる」と意気込み、僕と二人で最前列に座ることを決めたのだった。

＊

「タイムマシン」を使った理道の最初のマジックは、観客席にいた男性をステージに上げるところから始まった。

理道は男性に「何か私物を貸してください」と頼んだ。「ハンカチなどを持っていませんか？」

男性は首を振り、それからポケットを探したが、財布しか出てこなかった。

「財布は少し危ないですね」と理道は困った顔をした。「わかりました。それなら、今あなたが着ている水玉のシャツはどうでしょうか？」

突然の提案に戸惑いながら、男性はシャツを脱いで渡した。理道はそれを受け取ると、男性を客席に帰した。

「今、私は一枚のシャツを受け取りました。これを持ってタイムマシンに乗り、過去に戻りたいと思います」

理道が水玉のシャツを大きく広げると、後ろの大型モニターにシャツを掲げた彼が映された。シャツをピンクの袋に入れ、理道は「タイムマシン」と呼ぶガラスの円筒に入る。

すぐにステージの照明が落とされた。

巨大な装置の中央、ガラスの中にいる理道だけが明るく浮かびあがっている。モニターに彼の姿が映った。彼が円筒の中にあるつまみを回すと、モニターの下部に映っていた現在時刻を示していた時計が巻き戻されていった。

二十時七分、六分、五分、四分……

十九時三十分、十八時、十七時、十五時……。

十二時。

時刻がその日の正午に設定されると、理道はつまみの横についていたスイッチを押した。それと同時に、巨大な装置から伸びていた配線がオレンジ色に点滅し、チッチッチッチッチ、と時計が時を刻む音がした。ガラスの円筒内で爆発が起こり、白煙とともに理道の姿が消え、すべての照明が消えた。

そして、観客席から突然悲鳴が聞こえた。

理道が消えて、悲鳴が聞こえるまでにたった十七秒。

劇場で観たときは数秒ほどにしか感じなかったが、映像で正確に測ると十七秒だった。だがそれは、照明が消えてから悲鳴が聞こえるまでの時間で、理道の姿が見えなくなってからだと五十三秒になる。

スポットライトが悲鳴の聞こえた一角に当てられる。

深々と野球帽をかぶったジーンズ姿の男が立ち上がった。男はそのままステージに上がり、帽子を客席に投げた。

理道だった。

観客席はざわついている。理道が何をしたのか、いまいち理解できていないからだ。アシスタントからマイクを受け取ると、理道は右手に持っていた手持ちカメラを掲げた。

「私がタイムトラベルをした証拠として、過去で映像を撮ってきました」

理道はモニターの下に、カメラから出したビデオテープを入れた。

映像は、カメラを自分に向けた理道の顔のアップから始まった。「タイムマシン」の中で消えたときと同じシルクハットに、同じタキシードを着ている。

「現在、一九九六年六月五日十二時、つまり今日の正午です。タイムマシンに乗って、昼に戻って来ました」

理道が劇場の入り口を映す。劇場前の時計は十二時を指している。外では日が照っており、映像を撮ったのが正午であることは間違いないように思える。

理道が自分の右手を映し、彼がピンク色の袋を持っていることがわかる。そこには男性から受け取った水玉のシャツが入っているのだろうか。しかし、そのシャツは先ほどステージで受け取ったもので、昼の時点で彼が手にしているはずがない。

理道はそのまま劇場の中に入り、ステージの裏手から天井裏に上がった。公演の準備をしていたスタッフに挨拶し、天井から吊るしてあった箱をたぐり寄せる。箱の中に袋の中身を入れたところで、映像が一度途切れる。

観客席から再び驚きの悲鳴が上がる。

映像にあった箱は、今もまだ劇場内の同じ場所に吊るされていたのだ。スポットライトが天井に当たる。その箱は、その日の公演中もずっとそこにあった。

悲鳴が終わらないまま、映像が再開する。

今度はかなり時間が進んでいる。

すでに公演が始まっているようだ。ちょうど、ステージ上に立った理道が、淡々と鳩を出しているあたりだった。カメラはステージの様子をひとしきり映してから、突然向きを手前に変えた。

先ほどより大きな悲鳴が上がった。

モニターに、野球帽をかぶった理道が映しだされたのだ。

つまり、この公演中ずっと、劇場内に理道は二人存在していたことになる。一人はタイムマシンに乗る前の理道で、もう一人はタイムマシンに乗って正午に戻ったあとの理道だ。

観客席にいた理道は、野球帽姿でステージを撮影していたのだ。

驚きの悲鳴が止まないうちに、ステージ上の理道が「天井の箱に注目してください」と言う。

観客が一斉に真上を見る。

箱が開き、そこから水玉のシャツがひらひらと落ちてきた。

「どうですか？　これでこのタイムマシンが本物であると信じる気になりましたか？」

＊

「シャツのトリックは簡単だよ」

公演が終わったあと、姉はそう言った。『タイムマシン』の中からステージ裏に消えたあと、アシスタントにシャツを渡して、天井の箱に入れてもらえばいい」

「でも、理道は正午の時点でシャツを持ってたよ」

「あの時点でシャツは持っていなかった。簡単な心理トリックね。袋には何も入っていなかったの。ステージで男性からシャツを預かって消えてから、アシスタントにシャツを渡しただけ」

「でも、客席の理道がステージ上の理道の公演を映している映像は？　理道はずっと、公演中あの席に座ってたんだよ」

「あの演出はなかなかオリジナリティがあってよかったと思う。でもそんなに難しくはないよ。映像内でステージにいる理道は偽者。要は、あらかじめ客席にエキストラを入れて映像を撮っておいたの。どのみち客席側は暗くて、画面にはほとんど映らないし」

「客席から理道が登場したのは?」

「マジシャンが大きな音を出すときは、かならず何かの意味がある。『タイムマシン』の中が爆発したあと、円筒からステージ下に飛び降りたってわけ。爆発音は円筒下の舞台装置が開閉する音を消すためのダミー。理道はそのあと裏手で衣装を替えて、通用口から通路を通って客席に座ったのね。野球帽をかぶった理道の座っていた席がスタッフ用のドアから近かったでしょ? 多分、あのあたりの席には仕込みの客が座ってて、スタッフ用のドアからこっそり席についた理道が、あたかも公演の最初からいたような演技をしたってわけ。これははっきりと断言できないけど、仕込みの客は悲鳴のタイミングを少し間違えたんじゃないかな。スポットライトが当たる前に悲鳴が聞こえたから」

姉は正しかった。

映像で確認すれば、悲鳴がスポットライトに先行しているのがわかる。

爆発音から理道が客席に再登場するまではわずか五十三秒だ。その間に「タイムマシン」から消え、水玉のシャツをアシスタントに渡し、衣装を替えて野球帽をかぶり、カメラを受け取り、客席まで移動する。かなりの手際が必要になることは間違いない。

客席に座って野球帽をかぶった理道がステージ上の理道を撮っている映像も、詳しく見ればそれが事前に撮られていた仕込みだとわかる。映像内のステージと、実際のステージには決定的な違いがあった。

咳の音だ。

実際の公演では、鳩を出したあと静まり返った観客席で、誰かが咳きこむ音が聞こえていた。だが、理道が用意した偽の公演映像にはその音がない。

理道は自らの鳩出しによって観客席が静まり返ることを予測していた。だからこそ、あの場面を選んだのだろう。どんな人が客席にいようが、静寂には違いがない。だが、咳までは予測できなかった。それが動かぬ証拠だ。最初のマジックで、理道はタイムトラベルをしなかった。

「問題は、次のマジックね」

姉はそう言って首を傾げた。「あれが、もし私の思いついた仕掛けだとしたら……正確には、タイムマシンが偽物だという前提で考えたとき、唯一合理的なトリックだとしたら……」

「したら？」

「竹村理道は天才だよ。マジシャン史上、最大の天才。こんな仕掛けを思いついて、かつそれを実行するなんて、天才かつ狂ってないと無理。もし彼が天才じゃないのなら……」

「のなら？」

その次の姉の言葉を、僕は死ぬまで忘れないだろう。

「タイムマシンが本物だった。ただそれだけ」

＊

理道は宣言通りマジックの説明をして、そして同じマジックを繰り返した。

「今回は最終公演なので、私なりに無茶をしたいと思います。今回は特別です。昨日までの公演とは違い、過去最大のタイムトラベルを実施します。今日、この公演にいらっしゃった紳士淑女のみなさまは幸運です。とある事情から、このマジックは一生に何度もできるものではないからです」

理道はそう説明をしてから、再び「タイムマシン」の円筒内に入った。前回と同様につまみを握り、ひねっていく。

一九九六年六月五日、二十時四十九分。

理道が円筒に入った時刻を示す時計が巻き戻っていく。

二十時四十八分、四十七分……。

十九時、十六時、十二時、八時、〇時……。

六月四日、六月三日、五月三十日、三月三日……。観客席から悲鳴が漏れる。モニターに映しだされた時刻が、加速度的に巻き戻される。一九九五年、一九九四年、一九九三年、一九八五年……。僕が生まれた年を超え、なおも時間が巻き戻る。

一九七七年。

そこで時計がようやく止まる。

叫び声に近い悲鳴の中、理道がスイッチを押す。先ほどと同じ演出がなされるが、今度は次の理道がなかなか登場しない。

劇場は数分間、暗闇に包まれたままだ。だんだんと観客の声も聞こえなくなってくる。しばらくの静寂ののち、ステージの脇からタキシード姿の白髪の男性が登場する。男性が中央に立ち、右手のカメラを掲げると、その意味がわかった観客から大きな悲鳴が聞こえた。

モニターが白髪の男性を映す。そこには老人となった理道の姿があった。

「今回のマジックは長かった」

老人の理道はそう口にした。「十九年ですから。このタイムマシンの欠点は、過去に戻ることはできても、未来に飛ぶことができない点にあります。私はただ、十九年の時が経つのを待つしかありませんでした」

理道はカメラからビデオテープを取りだし、モニターの下に入れた。

「私がタイムマシンで十九年前に渡った証拠がここにあります。それをご覧に入れましょう」

切り替わったモニターには東京駅の景色が映されているが、新幹線の形が今と違うし、人々の服装や髪型も過去のものに見える。ホームの向こうから歩いてきた初老の男性が「珍しいもの持ってるね」とカメラに向かって言う。「それ、カメラか?」

「そうです」と理道の声。「今日は何年の何月何日ですか?」

「ああ? そりゃ九月六日、火曜日午前十一時だよ」

「何年ですか?」

「昭和五十二年。変なこと聞くなあ」と、男性がにっこり笑う。「どこの出身だ?」

「実は未来からやってきたんですよ」

「いや、さっきの新幹線はひかりだぞ。みらいじゃない」

カメラが男性の持っている新聞に寄る。一九七七年九月六日の日付と、本塁打世界新記録の王貞治に国民栄誉賞を与える、という一面記事が見える。理道が——少なくともこのビデオの撮影者が——十九年前にいるのは間違いなさそうだ。

そのとき、突然カメラが下を向く。

何かを見つけたのだろうか。撮影者が小走りになり、ホームの地面を映したカメラが激しく上下に揺れる。

「あの――」

撮影者が声をかける。カメラは下を向いたままだ。「――竹村理道さん、ですよね？」

「そうだが……」

男が、聞き覚えのある声で返事をする。

「私は未来のあなたです」

また、二人の理道だ。

だが今度の二人目は、十九年前の理道だった。

＊

公演以来、姉は理道の演目「タイムマシン」の研究に夢中になった。理道の指示でスタッフが公演の撮影をしていたことは、彼女にとって幸運だった。いや幸運などではない。それすらも理道のマジックの一部だったのだろう。

新しい発見があるたび、姉は僕にそれを話した。そのおかげで、僕も「タイムマシン」についてかなり詳しくなったつもりだ。オープニングの演出にすべての肝があること。最初の「タイムトラベル」は周到なフェイクであること。次の十九年の「タイムトラベル」は、理道が天才であるか、あるいは「タイムマシン」が本物であるか、そのどちらかしかありえないこと。

「タイムマシンが本物だったという説は、やっぱり私は信じない」

はじめ、姉はそう主張していた。「だから私も十九年後には、理道の『タイムマシン』を再演できるはず」

僕はそのとき、姉が「タイムマシン」を再演するということの意味をよくわかっていなかった。マジシャンとしての彼女と、姉としての彼女を別のものとして考えていたのだ。「タイムトラベル」はただの旅行ではなかった。そして、ただのマジックでもなかった。

＊

「――八歳のとき、弟を近所の東台(ひがしだい)公園に置いたまま帰宅して、母さんに怒られた。すぐに公園に戻ったら弟がいなくなっていて焦った。心配した母さんもやってきて、二人で公園中を捜し回ったんだ。たしか、この話は誰にもしていない」

　どこか静かなところへ移動したようだ。映像はなく、音声だけが聞こえる。特徴的な理道の低い声だ。内容から、過去へタイムトラベルした方の理道だとわかる。

「それで、弟はどこにいた？」

　過去の理道が聞く。

「それが、覚えていないんだ。覚えているのは、その翌日に母さんが自殺したことだけ」

「その通りだ」ともうひとりの理道が同意する。「俺も覚えていない。翌日母さんが死んだとき、俺が弟を公園に置き去りにしたせいで母さんは死んでしまったのだと後悔した。ああ、結局弟はどこにいたんだろうか。今となってはわかったところで意味はないが」

「一度、弟に直接聞こうと思った。電話をしようか迷ったが、できなかった。私はずっと、弟に嫌われていたから」

「そうだ。その通り。電話しようと思ってやめたことがあった。どうしてそんなことを知っている？」

「それは、私が君の未来の姿だからだ」

　話し相手の理道はまだ三十一歳だ。奇術大会で優勝し、テレビで人気になり、魔術団を結成しようと準備をしている。姉は八歳で、僕はまだ生まれていない。「わかった。君の勝ちだ。俺にはどういうタネなのか、まったく想像もつかない」

「タネはない。タイムマシンを発明しただけだ」

「どっちでもいい。とにかく、さしあたって君が未来の俺だと認めよう。カメラを回していいよ。映像が必要なんだろう？」

映像が復活する。十九年前の、まだ若い理道がこちらを見ている。

「そうだ、映像が必要だ」

撮影者はカメラを回転させ、自分の顔を映す。間違いなく、五十歳の理道だ。理道が過去の理道と話している。そうとしか見えない。

「そうだな、では、この先の十九年で世界がどうなるのか教えてくれ」

三十一歳の理道が聞く。

「チェルノブイリで原発事故が起こる。飛行機が何回か墜落する。昭和天皇が崩御して、平成という時代が始まる」

「どういう字だ？」

「平和の平に、成金の成だ」

「なるほど。冷戦はどうなる？」

「ソ連が崩壊して、冷戦は終わるよ」

ふむふむ、と過去の理道がうなずく。「ちなみに、十九年後の俺は、何をしている？」

「マジシャンをしている。芸能人じゃない」

「君が俺ならわかっているはずだが、テレビの仕事は魔術団結成のためにやっている。芸能人になりたかったわけじゃない」

「そのはずだったが、君は――つまり俺は、来年プロデューサーから映画主演の話をされて心が揺らぐ」

「映画だって？　本当か？」

「本当だ。そして映画は失敗する。ちなみに、魔術団も失敗だ。解散し、家族を失い、借金だけが残る。それが俺の、あるいは君の人生だ」

「信じられないな」

「だが、事実だ」

カメラの前の理道は腕を組み、何かを考えはじめる。しばらくそうしてから彼は「おかしいな」とつぶやいた。「俺は君から聞いて、映画や魔術団が失敗すると知っているし、家族に逃げられるとも知っている。そしてこれまでの経緯から、その予言をある程度信用している。だが、もしタイムマシンが本物なら、君のところにも十九年前、未来の俺がやってきたのではないか？　君は失敗するとわかっていて映画を撮ったのか？　返せない金を借りたのか？　すべてわかっていて家族に逃げられたのか？」

「いや」と撮影者の理道が答える。「私のところには誰も来なかった。正確に言うと、私と君は別の並行世界にいるらしい。私の世界の私を救いにきた私はいなかった。君は幸運だ。私が救いにきたのだから。失敗する映画を撮る必要もないし、家族を失う心配もない」

＊

姉の解説はこうだ――十九年前の時点で、理道はすでにこのマジックの準備を始めている。日付がわかるよう新聞などを映しながら東京駅を撮影し、三十一歳の時点で自分のインタビューを撮影、録音しておく。十九年後の理道と会話をしているように見せるため、会話に適度な間を開けておく。後から自分の音声を乗せて、カメラを回転させたあとの五十歳の顔を撮影し、二つの映像をコマ単位で組み合わせる。それによって、二人の理道が会話する映像が完成する。この技術自体はありふれている。テレビで仕事をしていた理道なら知っていて当然だ。
驚くべきは「映画も魔術団も失敗する」という発言だ。理道は十九年前の時点ですでに、何もかもがうまくいかなくなることを知っていた。あるいは、そうなるかもしれないと予期していた。そうでなければ、あのインタビューを十九年前に撮ることができた理由がわからない。

理道はたった一度のマジックのために、自らの人生を台無しにしたのだ。いや、人生を台無しにすることで、たった一度のマジックを成功させたのだ。常人に、そんなことができるだろうか。

「十九年前の理道の映像が合成だったという可能性は？」

「その可能性も考えたけど、口の動きまで合わせるのは技術的に無理」

「なるほど」

「このマジックの仕掛けは彼が三十一歳のときから始まってるの。十九年前に『タイムマシン』の計画をした。そして、十九年かけて予言の通りになるように自分の人生を失敗させた。成功は狙ってできるとは限らないけど、失敗ならかならず成功する」

「あるいは、本物のタイムマシンを開発した」

僕がそう付け足すと、姉は首を振った。「違う。それはマジックじゃない。それに、もしタイムマシンが本物だとすれば、大きな矛盾が生じる」

「矛盾？」

「理道の『タイムマシン』は片道切符だった。だからこそ、過去に飛んだあと、ステージに再登場したとき、十九年が経過して老人になっていた。それに加えて、理道は『タイムマシン』が並行世界に飛んだのだと主張していた。そうだとしたら、一度並行世界に飛んだあと、理道はどうやってこの世界に戻ってきたの？　映像内の若い理道は、この世界で何をしているの？」

「どういうこと？　並行世界だの、この世界だの、僕には難しくてわからない」

「わからないなら別にいいんだけど。とにかく矛盾があるってこと」

僕は「矛盾」に関する姉の説明を、未だに理解していない。

考えようとすると頭がこんがらかってしまうのだ。何度か、わかったような気がしたことがあったが、次の日には何がどうわかったのかわからなくなる。二十年以上経っても、よくわからずにいる。

あの公演から随分と時が経った。

姉は今もマジシャンをしているが、僕は郵便局員になった。休日なんかに五歳の娘の前で、高校時代に部活で学んだ簡単なマジックを見せるくらいで、マジックとは距離を置いていた。リングをつなげたり、コインにタバコを貫通させたり、選んだトランプを当てたり、そういうありふれたやつをやるだけだ。

僕はDVDに焼いた公演のビデオの再生を止めて、劇場に向かうため、自宅を出る準備をした。

半年前から——もっというと二十二年前から、この日を楽しみに、そして何より恐れていた。

今日、ついに姉が理道の「タイムマシン」を再演するのだ。

＊

驚きではなく、悲鳴だった。泣きはじめる観客もいた。ステージ上には十九歳加齢して、すっかり老人になった理道がいた。

「紳士淑女のみなさん、どうか悲しまないでください。私の開発したタイムマシンは片道切符なので、私は十九年間、このときを待たねばいけませんでした。十九年、それは長い時間でした。ですが、私はあの世界の竹村理道を救ってきたのです。彼はきっと、私のような過ちは犯さないでしょう。家族を大事にし、マジシャンとして幸福な人生を歩むでしょう」

そこからの三十分は伝説となっている。

観客席から嗚咽の混じった悲鳴が聞こえる中、老人となった理道は三度目のタイムトラベルを開始する。

モニターに表示された行き先は四十二年前、彼の母が自殺した日の前日だった。

観客たちは堪えきれず「やめろ！」と叫ぶ。老人の彼が四十二年の片道タイムトラベルをすれば、もう戻ってこられないことは明白だったからだ。

理道は「弟を見つけて、母を助けてきます」と口にして、不敵に笑い、観客席を眺めまわした。

この視線だ。この視線で、彼はすべてを手にし、すべてを失ったのだ。

そして、永遠に消えようとしていた。

理道がスイッチを押し、四十二年の旅が始まった。

爆発音とともに、理道はどこかに消えてしまった。

そしてそのまま、二度と現れなかった。

＊

警察が正式に捜査を始めたのは公演の三日後だった。

理道が消えた。それはマジックの中の出来事ではなく、現実の出来事だった。公演スタッフの証言によると、二度目の十九年前へのタイムトラベルから、すでに台本を逸脱していたらしい。彼がどうやって十九年前の映像を手に入れたのか、本当に四十二年前に行ってしまったのか、知っている者は——少なくとも知っていると証言する者は、誰もいなかった。

公演前に最前列のチケットをくれた若林という女性が、理道の消失から一カ月後に、公演の様子を収めたビデオのダビングをくれた。姉は一週間仕事を休み、そのビデオを見続けた。

理道の「タイムマシン」が本物だったのか、日本中で話題になった。公演から二十二年が経った今でも、何年かに一度話題が再燃する。メタマテリアルやら重力場理論やらを専門としている科学者や、宇宙人と会ったことがあると主張する怪しげなタレントが、理道の公演映像を分析しながらタイムトラベルの可能性を論じていたりする。

理道は今も見つかっていない。生きた姿も、死体も見つかっていないし、手がかりすらない。

ただひとり、ずっと姉だけが理道の幻影を追い続けていた。そして今日、姉は彼に追いついた。

ステージの脇から老婆が登場し、劇場内に悲鳴が響く。

姉の「タイムマシン」再演は終盤に差しかかっていた。

姉は理道のステージを完璧に再現した。劇場で、映像で何度も見ていた僕にはよくわかる。二度目のタイムトラベルで姉は二十二年前に飛び、理道の公演らしきものと、その後の彼女のインタビューを撮影した。再びステージに戻ってきた姉は、すっかり老婆の姿になっていた。特殊メイクの技術が進歩しているという話は聞いたことがあったが、姉の老婆メイクはどこからどう見ても本物にしか見えなかった。背中も少し曲がっているし、声も嗄(しゃが)れている。この日のために二十二年間を費やしただけのことはある。

そう、これは特殊メイクなのだ。

姉が本当にタイムトラベルをした可能性はない。なぜならこの「タイムマシン」には矛盾があるからだ。僕はよくわかっていないが、姉はずっとそう言っていた。

「紳士淑女のみなさま」

ステージ上の姉が言う。「私は竹村理道というマジシャンが消えてから二十二年間、彼の最後のマジックについて考え続けてきました。そして、ようやく彼のマジックを解き明かして今日をむかえました。今の私には断言できます。彼は天才でした。だから、彼に『タイムマシン』を演じさせてはならないのです。彼を助けるため、私はもう一度タイムトラベルをします。そして、『タイムマシン』の初演を防ぐために、三十一歳の彼と会ってきます」

観客席から誰かの泣き声が聞こえる。

止まらなくなった嫌な汗が、僕の頬を伝う。

「タイムマシン」に入った姉が一九七七年に時刻を設定し、「行ってきます」と口にする。

僕は隣に座った母と一緒になって「やめて！」と叫んでいた。他の観客も一緒だ。劇場内の全員が、タイムトラベルを防ごうと必死になっていた。

ダメだ、姉さん、タイムマシンを起動してはならない。それが本物であっても、偽物であっても。

姉はにっこりと微笑んでスイッチを押し、爆発音とともに姿を消した。

ひとすじの光

作家になって五年目の秋、十五年ぶりに父と会った。京都の病院から連絡があって、父が末期ガンだと言われたのだ。気は進まなかったが、死後の手続きに関していくつか話があるということで、仕方なく病院へ向かった。五分ほど病室に顔を出してから、病院を出てすぐに東京へ帰った。

父が死んだのはその三日後だった。僕がスランプに陥っていたのは不幸中の幸いで、そのため差し迫った締め切りもなく、父の葬儀に専念することができた。

親族によるささやかな葬儀が終わったあと、事後処理のため僕は実家に残った。ずいぶん久しぶりにひとりで寝泊まりしながら、僕はノートにやらなければならないことを書きだした。子どものころからの習慣だった。ものごとを忘れると父が烈火のごとく怒ったので、些細なことでもノートに書き留める癖がついたのだ。請求書の処理や四十九日法要の準備、相続関係の処理など、リストは数多くあったが、どれかひとつでも忘れたら、この世にいないはずの父に怒鳴りつけられるような気がした。

新作の打ち合わせのために一旦東京に戻る日の朝、実家に二つの段ボール箱が届いた。ひとつは清和サラノレッドクラブという法人からで、もうひとつは父が入院していた病院からだった。

十五年前に家を出たときと同じ、すっかり古くなった旧型のコーヒーメーカーに豆を入れながら、僕はまず清和サラブレッドクラブの段ボールを開けることにした。そこには青と黒が縞になったサテン地の服が入っていて、その下には書類の入った封筒があった。書類には「父の所有馬の処遇を決めてほしい」という旨のことが書かれていた。父が競馬好きだったことはよく知っていたが、馬主をしていたというのは初耳だった。書類によると、父の所有馬は「テンペスト」という名前で、段ボールに入っていた服は父の馬が走るときの勝負服のようだった。どうやら僕は父の馬主資格を引き継いでテンペストの馬主になることもできるし、テンペストを清和サラブレッドクラブに無償で譲渡することもできるらしい。

父は死ぬ前に、相続に関する手続きをほとんど終えてしまっていた。僕が生まれ育った実家にはすでに買い手が見つかっていたし、二十年乗り続けた軽自動車は廃車にしていた。わずかに所持していた株券も、若いころに集めていた腕時計も、家中に積み上げられていた大量の資料も、シェイクスピアについての何冊かの学術書の著作権も、すべてが適切な金に変わっていた。父は死ぬ前に、六十四年の人生で積み上げてきたものをすべてミキサーに押しこみ、ミンチにしたのだ。ミンチには値札がつけられ、一人息子である僕の両手に託された。

そこまで周到だった父が、テンペストの処遇に関して僕に選択権を残していたのは不思議だった。書類にはテンペストの情報が記されていた。五歳の牡馬で、一度も聞いたことのない父と一度も聞いたことのない母から生まれた、ひどく凡庸なサラブレッドだった。地方競馬で十二回出走して未勝利。新馬戦で四着になって以来、掲示板に入ったこともない。高校野球で言えば、地方大会の初戦で敗れるチームのベンチに座っているような馬だ。そんな馬でも管理には金がかかる。飼料代も、調教費用も、すべて馬主が支払わなければならなかった。書類によれば今後も賞金を稼ぐ見込みのないテンペストという馬に、父は毎月二十万円ほど支払っていた。

クラブに馬を譲渡するべきだと頭では理解しながらも、何か釈然としない気持ちを抱いていた。父がこの駄馬を所有していたのには、何か理由があるに違いない。それに、競馬は僕と父を繋ぐ細い糸だった。クラブに馬を譲渡してしまえば、父の人生は完全に骨と数字だけになってしまうだろう。

スイッチを入れるとコーヒーメーカーがガリガリと豆を挽きはじめ、道路工事のような騒々しい音がした。子どものころ、この音が鳴り響く中で何度も父に怒鳴られた。僕にとってそれは指導というよりも、否定に近いものだった。父の口癖は「死ぬ気でやれ」だった。

「馬でさえ、いつも死ぬ気で走っている」

そんなとき、僕はいつも心の中で「人間は馬じゃない」と反論していた。声にすればさらに怒られるとわかっていたから、僕は一度も口に出したことはなかった。

父は短気で気難しかった。いつも不機嫌そうにあたりを見渡し、世界のどこかに自分が怒る原因が落ちていないか探し回っているようだった。一度だけ母と会えるなら、どうしてこんな相手と結婚したのか聞いてみたかった。二人が乗馬クラブで出会ったという話を聞いたことがあったが、馬が二人を結びつけたのだろうか。

生前の父と最後に話をしたときも、馬の話をした。

十五年ぶりに会った父は、すっかり髪が白くなっていた。もともとそれほど太っていなかったが、痛々しいほどに痩せ細っていた。骨格が剥きだしになった顔から、ギョロリと眼球が飛びでていた。

病室に着くと、父は表情を変えずに小さく「来たか」とつぶやいた。僕の近況や、二人の間に横たわっていた十五年間について質問することもなく、一方的に葬式や相続について語った。最後に書類を僕に渡してしまうと、父は沈黙した。

しばらく無言が続いてから、僕は「どこか痛む？」と聞いた。

「そりゃ色々痛い」と父は答えた。

僕は原稿用紙とペンがベッドの後ろに置いてあったのを見つけて「本でも書いてるの？」と会話を続けることにした。

「ああ。ある馬について書いている」

「どの馬？」

「無名の馬だ。そういえば、昔、一度だけお前と競馬場に行ったな。覚えてるか？」

「覚えてるよ」と僕は言った。「メインレースはスペシャルウィークが出走した京都大賞典だった」

当時中学生だった僕は父に連れられて京都競馬場に行き、スペシャルウィークが負けるところを見た。

「ひどい負け方だった」と父が言った。

僕が「うん」とうなずくと、会話の糸口は煙のように消えてしまった。僕は何度か口を開きかけて、その度にやめた。「じゃあ」とだけ口にして、書類を手に病室を出た。

スペシャルウィークは僕が競馬に興味を持つきっかけとなった馬だった。でもそれは、彼がスターホースだったからではなかった。僕にとって彼は、日本ダービーを勝った馬でも、天皇賞を春秋連覇した馬でも、ジャパンカップでモンジューを破った馬でもなかった。競馬場の人々の期待を裏切って、京都大賞典で負けてすべてを失った馬だった。

スペシャルウィークは一九九五年、日高の牧場で生まれた。新馬戦から順調に勝ち上がり、一九九八年に日本ダービーを五馬身差で圧勝した。その勝利で、鞍上の武豊は十度目の挑戦にしてようやくダービージョッキーになった。翌年も順当に天皇賞・春に勝利したが、宝塚記念でグラスワンダーに完敗したことで暗雲が立ちこめた。

その次のレースが京都大賞典だった。父と京都競馬場にいた僕は、生まれて初めてレースを生で観戦した。

大声援の中、スペシャルウィークは見どころもなく七着に惨敗した。父は一番人気だったスペシャルウィークを軸に馬券を買っていた。こっぴどく損をしたようで、帰り道もずっと不機嫌だった。電車の中で「あいつはもう終わったな」と口にした。「もうダメだ」

僕は何も知らないくせに、心の中で「そんなことない」と反論していた。父の期待に応えられなかったスペシャルウィークに自分を重ね合わせていた。スペシャルウィークの気持ちがわかる気がした。競馬のことはよくわからなかった。でも、一度や二度負けたくらいでそんなに悪く言われたら、落ちこんでしまうのではないか。スペシャルウィークが傷ついたらどうするんだ。そんな気持ちだった。

もっと彼のことが知りたい――そう思って、スペシャルウィークについて調べた。サンデーサイレンスという優秀な父がいることを知った。母は彼を出産した直後に亡くなっていて、スペシャルウィークは母の顔を知らなかった。僕の母も、僕を産んだ直後に亡くなっていた。当時は、その符合が偶然には思えなかった。

《スペシャルウィークの母はキャンペンガールである。そのキャンペンガールの母――つまりスペシャルウィークの祖母――はレディーシラオキという。そのさらに祖母のシラオキは現役時代に日本ダービーで二着になったほか、重賞を含めて九勝している。シラオキは二十世紀初頭に輸入されたフロリースカップから続く名牝の母系にあり、つまりスペシャルウィークはフロリースカップの末裔に連なっていることになる》

病院から届いたもうひとつの段ボールには、病室で父が書いていた原稿と、その資料が入っていた。原稿は十数枚ほどの束になっていて、右上がクリップで留められていた。見た目にも性格にも似つかわしくない、丸っこくてバランスの悪い、ぎこちない字が原稿用紙いっぱいに埋められていた。

父の字を見るのは久しぶりだった。初めて買ってもらった自転車に、父が僕の名前を書いたときのことを思い出した。父は油性マジックで新品の自転車の泥除(よ)けに僕の住所と名前を書いた。どういうわけか、そのとき、とても誇らしい気持ちになったのだった。

二年後に鍵をかけ忘れて自転車が盗まれたとき、父は僕の頬を叩いた。それから二度と自転車は買ってもらえなかった。僕はその自転車の色も形も思い出せなかったが、父が書いた僕の名前は今でもはっきりと思い出すことができた。

僕はたしか、その自転車にトウカイテイオーという名前をつけていた。トウカイテイオーが勝った有馬記念で儲(もう)けたという理由で、父は自転車を買ってきたのだ。

父の原稿はスペシャルウィークの系譜を遡(さかのぼ)るところから始まっていた。これがトウカイテイオーだったなら、僕にも理解できた。トウカイテイオーは父にとって特別な馬だったからだ。だが、父にとってスペシャルウィークは、京都大賞典で大損させられた呪いのような馬だったはずだ。

父はどうしてスペシャルウィークの系譜を遡ったのだろうか。遡ることにどんな意味があったのだろうか。

僕はコーヒーを飲みながら続きを読んだ。

《フロリースカップは、一九〇七年、馬匹改良を目的に三菱財閥の小岩井農場がイギリスから輸入した二十頭のサラブレッドのうちの一頭である。日清・日露戦争を通じて、日本陸軍は軍馬の質で西洋に著しく劣っていることを自覚していた。長らく戦争のなかった日本では、馬とは主に観賞用や儀礼用であり、軍事作戦に従事することがなかったのである。当時の内国産馬は背が低くて気性も荒く、戦場ではそれが仇となった。たとえば一九〇〇年の義和団事件では、列強国から「日本は馬のような形の猛獣に乗っている」と笑われたほどだ。そこで、良質な馬を生産することを目的として、国を挙げて競馬に力を入れた。フロリースカップは、ちょうどそんな時期に輸入されたイギリスのサラブレッドだった。フロリースカップの孫であるフロリスト（現役時代の馬名はフロラーカップ）は、牝馬ながら帝室御賞典（現在の天皇賞）を含む十勝を挙げ、繁殖牝馬としてもスターカップ、ハクリュウ、ミナミホマレなどの優秀な競走馬を産んだ。このうちのスターカップの孫がシラオキで、その孫がレディーシラオキである。つまりフロリースカップはスペシャルウィークの祖母の祖母の祖母の曾祖母にあたる。

　フロリストの活躍によって、フロリースカップの血が優秀な競走馬を産みだすと、当時の馬産者たちの間で話題になった。だが、フロリースカップの血族は三菱財閥の岩崎久彌が所有する小岩井農場によって管理されており、市場に出回ることはなかった。様々な馬産者が、どうにかしてフロリースカップの血を手に入れようと躍起になった。
長野県で間宮農場という小牧場を経営する間宮昌次郎もそのうちのひとりだった。彼が特別だったのは、フロリースカップの血に対する執着に並々ならぬものがあった点である。外国の血統書と国内の馬産、レース結果などから独自の血統理論を編みだしていた昌次郎は、日本一の競走馬を生産するために、フロリースカップの血が二十五パーセント必要だという結論に至った。そこに間宮農場で一番の種牡馬「メグロ」を掛けあわせれば、間違いなく帝室御賞典で勝てる馬になる。彼はそう確信していた。

だがどうやって、フロリースカップの血を手に入れたらいいのだろうか。

昌次郎は思案した。第一回の日本ダービー（当時は「東京優駿大競走」）が開催される五年前、一九二七年のことである。

日本中の牧場を廻り、イギリス大使館にまで足を延ばした昌次郎は、根岸競馬場で紹介された小岩井農場の元厩務員の男から「フロリースカップに妹がいる」という情報を得た。その妹はフロリースカップの全妹で、つまりまったく同じ血が流れている。妹を手に入れることができれば理想の競走馬を生産できると知って、昌次郎は興奮した。

男の話によると、フロリースカップの妹の存在は一九一一年あたりから牧場内の一部で知られていたらしい。一度イギリスの牧場主に問い合わせたことがあったが、フランスの牧場で出産されたらしく、第一次世界大戦以降は行方がわからなくなっているという話だった。

その話を聞いた昌次郎は、牧場と二人の子どもを妻の八重に任せ、単身フランスへと向かった。人間と違い馬の寿命は短く、悠長に構えている暇はなかった。昌次郎は三カ月かけてフランス中の牧場や競馬場を探し回り、ようやくフロリースカップの妹である「ミスカノン」の馬主ブロシャールを見つけた。

だが、残念なことにミスカノンはすでに亡くなっていた。現役時代の彼女はフランスのGIディアヌ賞で三着にもなった優秀な競走馬で、繁殖入りしてからも期待されていたが、戦争が彼女の未来を奪った。繁用されていた牧場にドイツ軍がやってきて、ミスカノンを含むすべてのサラブレッドが軍馬として徴用されてしまったのである。終戦後、ブロシャールが牧場に戻ると何頭かはすでにいなくなっており、妊娠したまま放置されたミスカノンは疝痛に苦しんでいた。獣医とともになんとか出産させることはできたが、ミスカノンはそのまま死んでしまった。

残されたのは、父親が誰なのかもわからない、ミスカノンの娘だけだった。「その娘を見せてくれ」という昌次郎に、ブロシャールは戸惑ったという。「父親がわからない」という言葉は、サラブレッドにとって重い意味を持っていたからだ。サラブレッドは血がすべてである。なぜならその定義は「両親がサラブレッドであること」だからだ。イギリスで血統登録の始まった十八世紀以降、すべてのサラブレッドは血統書とともに管理されており、その管理から外れた馬はサラブレッドと認められない。

だがそれでも、昌次郎は「娘を見せてくれ」と粘った》

そこまで一気に読んで、僕は一旦原稿を置いた。父が僕と競馬場へ行ったときの話をした理由が少しだけわかった。死を前にした父が調べていたのは、スペシャルウィークの先祖についてだった。

父は学者らしく、原稿に細かく脚注をつけていた。たとえば、昌次郎が根岸競馬場でフロリースカップの妹の情報を得た経緯は、一九四一年の『馬事月報』四月号「フロリースカップの血を求めて」という記事の中で、昌次郎本人が語っている。フランスでブロシャールと会ったときの話は昌次郎の手記からの引用だ。

父の段ボールには『馬事月報』や昌次郎の手記のコピーの他にも、『競馬年鑑』、『ダービー馬スペシャルウィーク』、『伝記・岩崎久弥』、『第一回東京優駿』、『馬匹改良』など、古いものから比較的最近のものまで、様々な資料が詰めこまれていた。

コーヒーはすでに冷めていた。

僕はスマホを使って、原稿に書かれていたことを調べてみることにした。間宮昌次郎の名前は検索にかからなかったが、だからといって彼が実在しなかったとは言い切れない。戦前の牧場主の名前がインターネット上に残っているとは思えないからだ。

一方、フロリースカップの名前はすぐに見つかったし、ウィキペディアも存在した。スペシャルウィークの血統を調べて、その先祖にフロリースカップの名前を見つけることもできた。

ミスカノンについては難航した。二時間ほど格闘して、当時のフランスの新聞記事のデータベースから、ようやく一九一二年のディアヌ賞の結果を見つけた。三着に「Miss Canon」という名前がある。彼女は一九〇九年生まれだ。騎手や馬主、血統の情報はないし、「Miss Canon」が他にどんなレースに出たのかもわからなかったが、フロリースカップが一九〇四年生まれなので、ミスカノンがその妹だったとして年代的に矛盾はない。第一次世界大戦の開戦は一九一四年だから、引退したミスカノンが牧場で繁用されていてもおかしくはないだろう。

父はシェイクスピアの研究者で、競馬の研究者ではなかった。父がなぜスペシャルウィークの先祖について調べようと思ったのか、依然として僕にはわからなかった。

《ミスカノンの娘はレティシアという名前だったが、これは昌次郎の勘違いによるもので、実際にはブロシャールの娘の名前である。「娘を見せてくれ」と昌次郎が頼むと、ブロシャールは放牧地に出て「レティシア！」とハンドベルを鳴らした。すぐに馬に跨がった若い女性が現れた。馬上の彼女こそがレティシアだったのだが、昌次郎には栗毛の美しい馬体しか見えていなかった。

ミスカノンの娘は乗用馬となっていた。気性も穏やかで頭も良く、脚の長さや腿の筋肉はミスカノンによく似ていて、きっと素晴らしい競走馬になっていたはずだ。それだけに、血統がわからなかったのでレースに出せず、繁殖させてやることもできないのが残念でならない、とブロシャールは話した。

昌次郎は「日本でなら彼女の血を残すことができる」と断言して、ブロシャールに迫ったようである。まだ競馬の制度が完全に整っていない日本でなら、レティシアの子どもをレースに出すことができると考えたのだろう。実際に、血統のよくわからない馬が帝室御賞典に勝ったこともあったし、日本の競馬界を席巻したオーストラリア産のミラ号も両親が誰であるかわかっていなかった。

ブロシャールは、娘が乗用馬として大切にしているという理由で、一度は昌次郎の提案を断った。だが、昌次郎も簡単には引き下がらなかった。レティシアの子どもをレースに出し、緑色の芝生を思い切り走らせてやることができるのは自分だけだと言った。馬産家としてその言葉に思うところがあったのか、最終的にブロシャールはレティシアを昌次郎に譲ることに決めた。

昌次郎とブロシャールは「契約」を交わした。その内容は「ミスカノンの孫をレースに出し、思い切り走らせてやる」というものだったという。昌次郎はブロシャールに二百フランしか支払わなかった。その二百フランすら、ブロシャールは受け取るのを渋ったそうである。

翌年の夏、レティシアが間宮農場にやってきた。その日のことを昌次郎は以下のように顧(かえり)みている。

「八月十一日、検疫を終えたレティシアが間宮農場にやってきた。長時間の輸送で多少の疲れが見えたが、毛艶(けづや)もよく、栗毛の馬体が光り輝いていた。餌係の茂(しげる)が飼葉を与えると、一口で平らげてしまった」

茂は昌次郎の長男である。実はこの日、茂は突然暴れだしたレティシアの後ろ脚に蹴られ、左腕を骨折している。昌次郎は怪我をした茂に対して「馬の視野が広いことが何を意味するか、わかるか？」と問いかけたという。

「自分の後ろまで見ることができる」と茂は答えた。

「そうだ」と昌次郎はうなずいた。「そのせいで、馬は自分が周囲すべてを見ることができると思いこんでいる。だが実際には、真後ろだけは見えていない。ゆえに、真後ろから何かが現れたとき、馬は何もなかった空間に突然物体が発生したように感じる。そうして馬は驚いて暴れる」

昌次郎はこういった問答を好んだようである。どんなことでも可能な限り合理的に説明しようとしていたのだ》

僕はそこで再び原稿を置いた。

東京に帰る時間が迫っていた。僕は父の原稿とサラブレッドクラブの書類に加えて、段ボールに入っていた資料のいくつかを鞄に詰めて実家を出た。

新幹線の中で僕は父の原稿を一度開いてから、隣に座った人の目が気になってすぐに鞄にしまった。父の特徴的な字で書かれた原稿を見られるのが恥ずかしかった。代わりに『ダービー馬スペシャルウィーク』という本を読むことにした。

すぐに「もしかしたらこの本は、子どものころに僕が調べたときに読んだ本かもしれない」と思った。僕はこの本に書いてある事実についてよく知っていた。スペシャルウィークには母がいなくて、ばんえい馬の乳母があてがわれたこと。乳母の気性が荒く、幼いころのスペシャルウィークが苦労したこと。そのせいもあってか、スペシャルウィークはサンデーサイレンス産駒にしてはおとなしく、また人間をとても信頼していたこと。武豊が絶賛した乗り味の秘密は、彼の生い立ちにあったのではないか、ということ。

母のいなかった僕の面倒を見たのは母方の祖母だった。スペシャルウィークの乳母と違い、祖母はいつも優しかった。よく夕方に電車を乗り継いで僕の家までやってきて、食事を作り、洗濯をして、夕食が終わると洗濯物を干してから帰っていった。祖母は僕が九歳のときに亡くなった。どういう経緯（いきさつ）で亡くなったかは忘れてしまったが、葬儀で大泣きしたことはよく覚えている。

『ダービー馬スペシャルウィーク』は薄い本で、新幹線の車内で読み終えてしまった。おそらくスペシャルウィークが日本ダービーを勝ったあとに急いで出版された本だったのだろう。その本にはスペシャルウィークが日本ダービーに勝つまでの経緯が記されているだけで、その後の活躍についても、スランプについても触れられていなかった。

やっぱり同じだ、と僕は思う。僕もスペシャルウィークと同じで、デビューしてしばらくは順調だった。いくつかの賞をもらい、本も売れるようになってから、突然小説が書けなくなった。様々な不義理をして、多くの人に迷惑をかけた。気がつくと、それまで僕の周りにいた編集者はほとんどいなくなっていた。

スランプの原因はわからなかった。ある日突然、自分の文章に自信が持てなくなったのだ。何を書いてもつまらない気がして、一日の終わりにその日書いた文章をすべて消去した。何度も繰り返すうちに、何も書けなくなった。

スペシャルウィークは京都大賞典で大敗したあと、天皇賞・秋とジャパンカップに勝った。父は「終わった」と見切りをつけたが、彼は終わっていなかった。僕のスランプにも、いつか終わりが来るのだろうか。スペシャルウィークのように復活を遂げることができるのだろうか。

東京に着くと、小さなレストランで編集者と話をした。「最近何か本を読みましたか?」と聞かれ、僕は父が残した原稿の話をした。編集者は思いのほか興味を示した。

「まだ最後まで読んでないですが、多分未完なんです」

「それなら、続きを書いてみたらどうでしょう」と編集者が口にした。「何かのリハビリになるかもしれません」

僕は「まずは最後まで読んでみます」とだけ答えた。何杯か酒を飲んでから、具体的な話が何も進まないまま編集者と別れた。

文章が書けなくなってから、本を読むのも億劫(おっくう)になっていた。そんな僕が、父の原稿を久しぶりに夢中になって読んでいる。続きを書くかどうかは別にして、何かのきっかけになるかもしれない。

自宅に着くと、僕はすがりつく思いで父の原稿を手にとった。


《年が明け春になると、予定通り昌次郎はレティシアにメグロを種付けした。そもそも昌次郎は、メグロの相手として誰がもっともいいか、という基準でフロリースカップの血にたどり着いたのだった。

メグロは間宮農場でもっとも活躍した馬である。三歳春、デビュー戦となる千八百メートルの新呼馬戦では不良馬場のせいもあってアタマ差の二着となったが、その三週間後の二戦目を十五馬身差で圧勝した。馬体が本格化した秋には国内最高賞金だった優勝内国産馬連合競走――通称「連合二哩（マイル）」に最高の状態で出走した。

その日の目黒（めぐろ）競馬場も、やはり前日の雨で不良馬場だった。最後の直線まで手応えのよかったメグロは突然失速し、四着に敗れた。この馬は間違いなく目黒競馬場の連合二哩を制する、という確信から「メグロ」という名前までつけていたが、さすがの昌次郎も天候までは計算できなかった。

レース後、昌次郎は「ごめんな」とメグロの頭を撫（な）でた。レースに勝とうが負けようが、かならず馬に向かって「ごめんな」と謝ったという。昌次郎が誰かに謝るのは、そのときだけだった。

連合二哩の敗北後、翌年まで走ったメグロは、優勝戦、特別戦、ハンデ戦を含む十九戦十二勝で現役を引退した。冬のトーナメント戦に出馬した際は、三日間で三連勝もした。大きなタイトルこそ取れなかったが間違いなく名馬であったし、昌次郎が自らの血統理論に自信を持つきっかけともなった。

「メグロは同世代のどの馬よりも速く、加えて並外れた体力もあった」

手記の中で、昌次郎はそう断言している。

「メグロの弱点はひとつ。臆病なことだ。メグロはレースの際、いつも馬群の中に入りたがった。この癖を、記者たちは『勇敢だ』と評したが、それは違う。そもそも馬という生き物は群れで生活をしていて、肉食動物から逃げるときも生存率を上げるために群れで逃げる。そのとき、もっとも安全なのはどこか。群れの中心だ。最後尾がもっとも危険なのは言うまでもないし、先頭は待ち伏せされたときに襲われる危険がある。メグロが馬群の中に入りたがるのは、そこが一番安全だと知っているからだ。臆病なメグロは、地面の固さが安定しない不良馬場で全力を出すのを極端に怖がっていた。結局、臆病という一点が、メグロの弱点だったわけだ」

騎手を目指して引退後のメグロによく跨がっていた茂も、彼が極端に臆病であることを知っていた。それゆえ、父がメグロにふさわしい相手としてレティシアを選んだのは、彼女が「勇敢さ」を持っているからだろうと考えた。メグロに勇敢さが加われば敵なしに思えた。メグロとレティシアの種付けが終わったあと、茂はその考えを昌次郎にぶつけた。だが、昌次郎の答えは予想外だった。

「それは違う」

昌次郎は首を振った。「レティシアもどちらかというと臆病な馬だ。それに、臆病な馬に勇敢な馬を合わせても弱点はなくならない。そう簡単な問題ではない」

「どうして？」

「俺が作ったのは血統理論だ。理論とは、わずかな定義と公理から始まり、厳密な推論から作られた複雑な構造物なのだ。種付けはその構造物の枝葉にすぎず、その説明をしても根っこがわからなければ意味がない」

ちんぷんかんぷんだ、という顔をした茂に対して、「お前はまだ理解できなくていい。そもそもこの国に理解できるやつがいるとも思わない」と付け加えた。

「何か手がかりはないの？」と粘る茂に対し、昌次郎は少し考えてから、「馬は草食だろう？」と口にした。

「うん」

「草食動物の天敵はなんだ？」

「肉食動物」

「そうだ。あとは自分で考えろ」

馬は草食だ。草食とは、肉ではなく草を食べるということだ。それが何を意味しているのだろうか。

悩む茂の隣で、レティシアが飼葉を食べていた。茂は血統理論の話を一旦脇に置いて、レティシアがメグロの子どもを無事受胎できるよう祈った。

だが茂の、そして間宮農場の願いは届かず、レティシアはメグロの子どもを受胎しなかった。翌年も不受胎だった。

レティシアは十三歳になっていた。馬は一年に一度しか発情しないので、あと何回受胎の機会があるかわからない。

昌次郎が焦りはじめたころ、競馬界に大きな出来事があった。東京競馬倶楽部が東京優駿大競走――のちの日本ダービー――の創設を決めたのだ。賞金は破格の一万円で、馬産業者の間でもその話で持ちきりになった。東京優駿のおかげで、その年のせり市は価格が高騰した。それまで百円かそこらで取引されていた駄馬が千円で買われ、良血の期待馬には一万二千円の値段もついた。

　昌次郎は東京優駿こそ運命なのだと思った。自分は連合二哩や帝室御賞典に勝つ馬を生産しようと思っていた。だがレティシアは、そんな小さな目標には興味がなかったのである。彼女は戦場で生まれたのだ。大きなレースに怖気（おじけ）づくことはない。レティシアの子どもは東京優駿に勝つ。それに東京優駿は二千四百メートルだった。メグロとレティシアの子どもがもっとも力を発揮できる距離だった。

　一年後の一九三一年、三度目にしてようやくレティシアが受胎する》

　父の原稿はそこで終わっていた。あとには、何枚かの白紙の原稿用紙が綴（と）じられているだけだった。単に書きかけの原稿というだけではなかった。この原稿は永遠に未完だった。

　唯一の救いは、たとえ原稿が途中で終わっていようとも、歴史は途中で終わっていないということだ。

　僕は原稿の続きを求めて、京都から持ってきていた資料を夢中になって読んだ。少なくとも、レティシアの子どもがどのような競走馬になったのか知りたかった。昌次郎の夢は叶ったのだろうか。日本ダービーを勝つことはできたのだろうか。

　実家から持ってきた資料には、昌次郎の手記が含まれていなかった。そのせいで、昌次郎の夢の続きがどうなったのかはわからなかった。日本ダービーの歴代出走馬の名前と血統を調べたが、血統が不明な馬などもいて、詳しいことはわからなかった。

資料をすべて読み終えてしまうと、僕は父の原稿を読み返すことにした。気がつくと昌次郎の血統理論がどういうものか、茂と一緒になって必死に考えていた。父の原稿と、昌次郎の言葉を頭の中で何度も整理した結果、「逃げる」というのが鍵だという結論に至った。馬が生き延びる上で重要なのは、天敵の肉食動物から逃げることだ。視野が広いのも、肉食動物の位置を正確に知るためだろう。

つまり、馬という生物にとって「臆病」は、かならずしも悪いことではない。むしろ「勇敢」な馬はすぐに捕食されて死ぬだろう。「臆病」が命を繋ぐのだ。

では、サラブレッドはどうだろうか。彼ら彼女らも馬だ。それと同時に、彼ら彼女らは人間の作った規則の中で、レースに勝たなければならない。「臆病」は彼ら彼女らが馬という動物であることの美点になる。だが、レースではそれが不利になったりもする。勇敢であればいいわけでもないが、臆病であればいいというわけでもない。この事実は、昌次郎が「そう簡単な問題ではない」と言っていることとも合致する。

一睡もしないまま、僕は京都へ向かっていた。昌次郎の手記を通じて父の原稿の続きを読むためだ。僕の頭の中で、バラバラに散らばっていた欠片（かけら）がひとつの塊に組みあがっていく感覚があった。僕はスペシャルウィークのことを思った。そして、スペシャルウィークの先祖のことを思った。

「スペシャルウィーク」とは、日本ダービーが開催される一週間を意味する。競馬に携わる人々にとって、その一週間は特別な意味を持つのだ。昌次郎も、メグロとレティシアの子どもに同じ思いを抱いたのだろう。彼はすべてを賭けたレティシアの子どもに、どんな名前をつけたのだろうか。

僕の父は自分の所有馬に「テンペスト」という名前をつけていた。『テンペスト』は父が研究していたシェイクスピアの作品だ。父は『テンペスト』の中の、「成し遂げようとした志を、ただ一度の失敗によって捨ててはいけない」という言葉が気に入っていて、競馬で負けたときによく口にしていた。皮肉にも父の競走馬テンペストは、一度ばかりか何度も負け、今もまだ負け続けていた。

実家に着くと僕はすぐに昌次郎の手記を読み、そこに書かれている内容と『競馬年鑑』のデータを照合した。足りない部分の情報は段ボールに入っていた他の資料から補った。僕はコーヒーを淹れて欠伸を嚙み殺した。コーヒーメーカーのガリガリという騒音も、眠気覚ましにはちょうどよかった。

気がつくと、僕は父が残した白紙の原稿用紙に続きを書いていた。

《三年越しに受胎したレティシアの初仔は男の子で、惚れ惚れするような綺麗な馬体だった。昌次郎はその初仔の命名権を茂に与えたが、結局命名することはできなかった。競走馬として登録される前に、帝国陸軍に軍馬として購入されたからだった。

レティシアの初仔には、五百八十円という高値がついた。せり市で陸軍の士官が一目惚れしたのがきっかけだった。メグロには三世代前にアラブ種の血が入っており、士官はその事実を知ってさらに満足した。

馬産家にとって、生産した馬が軍馬御用となるのは、この上ない名誉であるとされていた。馬検所に出発する日、レティシアの子どもは軍旗の編みこまれた布をかぶり、周辺住民から盛大に見送られた。農場に無数の日章旗が舞った。他の軍馬とともに満洲に向かうという話だった。

昌次郎は泣いた。もちろん、その涙は嬉し涙ではなかった。軍馬御用になることの名誉もよくわかっていたが、その馬は日本ダービーに勝つはずだった。

それからも不受胎が続いたレティシアだったが、一九三四年に第二子となる牝馬を産み、その年の秋に腸捻転で死んだ。

昌次郎が追い求めた血は、一頭の仔馬に託された。彼女にどんな名前をつけようか、馬房の隣で一晩中悩み抜いた。自分の息子と娘にも、それほど悩まなかった。夜が明けたとき、馬房の天井の隙間からひとすじの光が差した。

　これだ、と思った。彼女は、間宮農場のひとすじの光だった。

　その日、昌次郎は彼女を「ヒトスジ」と命名した。

　秋になると、昌次郎は軍人に見つからないよう、ヒトスジを馬小屋の中に隠した。来客のたびに「彼女は病気だ」と嘘をつき、暗い馬房に閉じこめた。もちろんせり市には出さなかった。彼女は間宮農場の最後の希望だった。

　軍馬に召し上げられる事態を防ぐために、知人に建築業を営む小村貞樹（おむらさだき）という競馬倶楽部の男を紹介してもらい、引退後に繁殖牝馬として返してもらうことを条件に、格安で馬主になってもらった。のちに競走馬となったヒトスジのスタートがいつも悪かったのは、幼駒（ようく）時代にただ一頭、馬房に閉じこめられていたからかもしれない。彼女は群れでの生活に最後まで慣れなかった。周囲の馬に緊張しているのか、騎手が指示を出してもなかなかスタートしなかったのだ。

　デビューとなる中山（なかやま）競馬場の新呼馬戦もそうだ。最悪のスタートだった。

　だが、昌次郎はそれでも構わないと思っていた。

　レース前、昌次郎は調教師を通じて、主戦騎手の安西（あんざい）に「スタートは悪いが、焦らなくていい」と伝えていた。「落ち着いてこの馬の実力を引きだすことだけ考えろ」

最後尾からのスタートだったが、安西は焦らなかった。じっとこらえて一角（コーナー）を曲がる。調教で一度乗っただけだったが、安西はヒトスジの才能に驚いていた。こんなに軽やかに走る馬に乗ったことはない。レースはかなりのハイペースだったが、千メートルを通過しても彼女にはまったく疲れた様子がなかった。白い息を吐きだして必死に走る前方の馬を、ヒトスジは悠然と追い抜いていく。もしかしたら勝てるかもしれない、安西はそう考えはじめていた。

安西が少し追っただけで、ヒトスジはぐんぐん加速した。最終コーナーではすでに先頭に並びかけていた。そこからはほとんど追うことなく、ヒトスジは一着でゴールした。二着馬と六馬身の差がついていたが、レース後も彼女の呼吸はまったく乱れていなかった。

「ひとりだけ違う乗り物に跨がっている気分でしたよ」

レース後に安西はそう振り返った。彼女を追いはじめてから、まるで周囲が止まっているように感じたという。それくらい速度が違っていたのだ。

二週間後に出走した二千四百メートルの優勝戦は不良馬場だった。デビュー戦の圧勝で、ヒトスジは一番人気に推されていた。ダービーも二千四百メートルだったし、この時期はいつも不良馬場だ。加えて、相手も前戦よりはるかに強力だった。昌次郎はこの優勝戦でどれだけやれるかで、彼女の競走馬としての能力がわかると思っていた。

レースは意外な展開となった。

スタート時に両脇を牡馬に挟まれたヒトスジは、なんと抜群のスタートで飛びだした。

「後ろから行け」という指示を受けていた安西は、一角までに彼女を下げようと必死に手綱を引いたが、興奮したヒトスジはそのまま逃げ続ける。最初の千メートルで、二番手とは十五馬身もの差がついていた。時計は六十一秒。明らかなオーバーペースだ。昌次郎は後悔していた。彼女をもっと男に慣れさせておくべきだった。ダービーの相手はおそらく多くが牡馬になるだろう。今日のように両脇から挟まれる可能性も高い。

さすがに疲れたのか、ヒトスジのペースが落ちはじめ、後ろから馬群がぐんぐん近づいてくる。最終コーナーでは後続との差が三馬身ほどになり、ヒトスジが馬群に呑まれるのは時間の問題に思われた。

だが、安西が追いはじめるとヒトスジはそこから再加速した。馬群との差は三馬身のまま、いつまでも詰まらない。

馬群から抜けだした二番人気のブラックキッドがヒトスジの横に並ぶ。そのまま追い抜くと思われたが、ヒトスジも必死に粘り、なかなか譲らない。

二頭は並んだままゴールした。

判定の結果、ブラックキッドが一着となった。ヒトスジはハナ差の二着だった》

昌次郎の夢は現実に近づきつつあったが、僕はあることが気になって執筆を中断した。昌次郎はレティシノの子どもの命名に悩んだようだが、自分の子どもの命名は即決していた。息子は茂で、娘はミドリだ。農場主らしい命名だったが、僕は「ミドリ」という名前を最近目にしたような気がしていた。

答えは、葬儀の参列者を調べたときに使った父のメモの中にあった。僕の母方の祖母は高岡（たかおか）ミドリという。子どものころ、夕食をよく作ってくれた祖母だ。昌次郎の娘のミドリは、戦後に結婚して間宮ミドリから高岡ミドリに名前を変えていた。つまり、昌次郎は僕の曾祖父だった。

死を目前にした父が「ヒトスジ」の話を書いた意味を考える。父は僕の母系をたどることで「ヒトスジ」に行き着いた。「ヒトスジ」は間宮農場が残した、フロリースカップの血の最後の一滴だった。そして、僕という人間は、間宮一家の血の最後の一滴だった。

僕はノートを取りだし、左のページにスペシャルウィークとヒトスジの血統図を、右のページに自分の家系図を書いた。昌次郎の時代から数十年の時を経て、僕に流れる血とスペシャルウィークに流れる血が再会したのだった。

もう少しだ、と僕は再び原稿に戻る。フロリースカップから始まったヒトスジの話は、もう少しで終わる。

《日本ダービーは優勝戦から二週間後で、ヒトスジは四番人気だった。優勝戦では惜しくも敗れたが、二着という結果が彼女の評価を落としたわけではなかった。実際に、彼女に競り勝って一着になったブラックキッドは六番人気だった。ヒトスジは「能力は高いが気性に難あり」という評価だったようだ。ダービーは日本中からトップレベルの馬が集まってくる。能力が高く、かつ気性の穏やかな馬も数多く出走する。ヒトスジといえども、簡単に一番人気にはならない》

続きを書く前に、僕は映像を見る。

幸運にも、ヒトスジが出走したダービーの映像はネットのアーカイブに残っていた。

「各馬一斉にスタート。いや、一頭、注目の牝馬、七番ヒトスジは出遅れております」

音声はラジオの実況だろうか。当時のダービーはラジオ中継されていたらしい。画面は白黒だったが、銭形紋をあしらった安西騎手の勝負服もよく見える。

東京競馬場は満員だ。資料によると二等席に昌次郎と八重がいたはずだが、さすがにそこまではわからない。

「先頭の馬群がコーナーを曲がります。縦長になりました」

カメラから外れたヒトスジは最後方を走っている。ダービーまでの二週間で、昌次郎は調教師に頼んでヒトスジを牡馬に慣らしたようだ。その成果が出ているのか、ヒトスジはスタートも落ち着いていた。出遅れは構わない。焦って無理な大逃げをするくらいなら、後ろから走った方がずっといい。優勝戦の反省から、昌次郎はそう考えていた。

「東京競馬場は晴れ。良馬場の美しい芝生の上を、十九頭が走っております」

その日は晴れだった。白黒の画面に、僕は色を見る。春の湿気を含んだ白い風が吹き、芝生が青く輝く。望み通りの良馬場で、ヒトスジは落ち着いている。

二角で一頭を追い抜き、最初の千メートルを十八番手で通過する。向こう側の直線に入り、一頭、二頭と抜いていく。

坂に入る。安西を鞍上に乗せたヒトスジは、強く追うこともなく三頭を大外からかわし、十三番手で三角に入る。大丈夫。彼女は気持ちよさそうに走っている。あと十二頭。

じわじわと加速したヒトスジがさらに二頭を抜いて、最終コーナーから直線に入る。東京競馬場の直線は長い。横に広がったサラブレッドたちの後ろにヒトスジの姿が見える。残り四百メートルのハロン棒を通過する。

画面の向こうから、「行け！」と叫ぶ昌次郎の声が聞こえた気がした。「空いてくれ！」ヒトスジには十分余力があるように見えるが、前に二頭の馬が並んでいて、それが壁となって行き場を失っている。

「開け！」

僕が、そして昌次郎が叫ぶ。

祈りが届いたのか、二頭のうち、内側を走っていた馬がバテて、少しだけ内にもたれた。一瞬の隙だった。

騎手の安西がゴーサインを出した。すると抜群の反応で、ヒトスジがわずかに生まれたその隙間に鼻先を入れた。もたれた馬が体勢を整えたときにはすでに、ヒトスジは二頭の間を割って走っていた。見事な瞬発力だ。そこから三完歩(かんぽ)の間に、ヒトスジは外側に食い下がっていた三頭も含め、まとめて五頭を抜き去った。

壁はなくなった。前には五頭。

残りは百メートル。先頭を走る馬の脚は鈍っている。そこをめがけて、ヒトスジが迫っていく。

ヒトスジは優勝戦で負けたブラックキッドと、その横で粘っていた一番人気のヒサミツに並びかけ、一気に追い抜く。残りの三頭は横一線に並んでいる。

最内(さいうち)からヒトスジが先頭集団に並びかける。大外(おおそと)の一頭が脱落する。もう距離が残っていない。五十メートル、三十メートル……。

「行け！」

僕と昌次郎の叫びが、戦前の東京競馬場の大歓声に溶けていく。

十メートル、五メートル、そして……。

三頭はそのまま並んでゴールした。

観客席にざわめきが広がる。肉眼ではどの馬が勝ったのか、まったくわからなかった。

しばらくして、係員が順位板を引き上げていく。観衆は固唾(かたず)を呑んで見守っていた。

僅差(きんさ)の勝負だ。

一瞬の静寂が訪れる。

八、十一、七。

七番のヒトスジは三着という判定だった。

負けた。ヒトスジはダービー馬にはなれなかった。

だが、昌次郎はきっと、晴れ晴れとした表情を浮かべ、こう言っただろう。「順位ではない」ヒトスジは初めて思いきり走ることができて、昌次郎はようやくブロシャールとの約束を果たしたのだ。

　その年の秋、ハンデ戦と呼馬戦をともに圧勝したのち、放牧中の怪我がもとでヒトスジは亡くなった。彼女は五戦三勝という短いキャリアで、大きなレースを勝つことも、子孫を残すこともできなかった。

　ヒトスジが亡くなった一ヵ月後には茂が召集を受けた。その後、彼はニューギニアで病没する。馬も、息子も戦争に取られた。

　昌次郎は再度メグロに最適の相手を探し、繁殖牝馬の買い付けのために二度目の欧州旅行に向かおうと計画したが、第二次世界大戦の戦火は激しく、今度ばかりは諦めざるを得なかったようである。

　一九四三年には政府が競馬の中止を発表し、二年後に東京競馬場は食糧難のためサツマイモ畑に変わった。他のいくつもの中小牧場と同じように間宮農場は経営難に陥り、戦後すぐに閉鎖される。

　昌次郎は何頭かのサラブレッドを売却した金で、牧場を「間宮乗馬倶楽部」に改造した。種牡馬を引退したメグロも乗用馬の一頭となった。

　戦後、結婚して「高岡ミドリ」になった間宮家の最後の血は、僕の母を産む。一九八二年、昌次郎の死とともにスキー場に売却されるまで、間宮乗馬倶楽部は存在していたようである。父と母が出会ったのも、おそらく間宮乗馬倶楽部だろう。

僕は続きが書けずにいた。昌次郎の人生はハッピーエンドだったかもしれない。レティシアと違い、自分の血を残すことに成功した。そして僕はここで、こうして生きている。だが、事実として彼が人生を賭けたレティシアの子どもはダービーに負けたのだ。負けて、子どもを残すことができなかった。これは勝利の物語ではなかった。

勝ちたかった。そしてヒトスジの血を引くサラブレッドがレースを走る姿が見たかった。この原稿を書いていた父も、同じ思いだったのだろうか。

「成し遂げようとした志を、ただ一度の失敗によって捨ててはいけない」という引用を、そして父の所有するテンペストという駄馬のことを思い出す。あれほど周到に死の準備をしていた父が、馬のことを忘れていたとは考えにくい。では父はどういう意図で、あの駄馬の所有権を僕に引き継がせようとしたのだろうか。

僕は清和サラブレッドクラブの書類を見て、テンペストの血統をもう一度確認する。そして僕は、そこにレティシアの名前を見つけて驚く。そして、レティシアの子どもには「オムラオー」という名前が付けられている。

僕は夢中になって、オムラオーについて調べた。

話をまとめるとこうだ。ヒトスジはたしかに子孫を残せなかった。だが、軍馬として買い上げられた彼女の兄は、満洲から生きて帰ってきたのだ。妹のヒトスジがダービーで三着に入る活躍をしたおかげで、彼には種牡馬としてのチャンスが残った。陸軍からその話を聞いたヒトスジの馬主小村貞樹はオムラオーと名付けて種付けをした。皮肉なことに、このオムラオーのおかげで、レティシアの血が――昌次郎の執念が、現代まで受け継がれていた。

昌次郎の熱意は父に乗り移ったのだ。父はその血を守るためにテンペストを所有していた。父は昌次郎の子孫である僕に、レティシアの子孫であるテンペストを遺そうとしていたのだ。そしてその二つを繋ぐ糸として、昌次郎の物語を書いた。

ヒトスジは全力で走ったが、あと少しだけ足りなかった。スペシャルウィークは一度人々の期待を裏切ってから、ふたたび競走馬として復活した。

いったい何から手をつければいいのだろうか。頭の中は、いろんな情報と感情でぐちゃぐちゃになっていた。僕は何のために原稿を書くのだろうか。スペシャルウィークはどうだった？　ヒトスジはどうだった？　彼らは何のために走った？

彼らにとっては、ダービーの賞金も勝利の栄誉も、関係のないことだった。彼らはただ芝生の上を「死ぬ気で」走っただけだ。獲得した賞金も、タイトルも、サラブレッドである彼らの生活の本質的な部分を変えることはない。ただゴール板を目指して走っただけ。

死ぬ気で——僕はそこで、昌次郎の出した宿題の答えに気がついた。

そうだ。「死ぬ気」が答えだったのだ。

馬は草食だ。草食動物が全力で走るのはいつか?

肉食動物に追われているとき——つまり、命の危険を感じているときだ。それ以外に、彼ら彼女らが本気で走る瞬間はない。

競馬とは、人間が勝手に作ったものだ。馬にはそんなことなど、関係ない。

限界まで走るサラブレッドたちは、レースでいつも命の危険を感じている。少なくとも、昌次郎はそう考えていたのではないか。だから彼は、勝ったとしても負けたとしても、いつもレース後の馬に「ごめんな」と謝っていたのだ。

命の危険を感じさせて、ごめんな。それが昌次郎の言葉の真意だった。

眠いはずだったが、頭は冴えていた。すべて書こう、と思った。昌次郎のことも、レティシアのことも、ヒトスジのことも、スペシャルウィークのことも。

各馬一斉にスタート。

脳内で実況をしながら、僕は原稿用紙を開いた。

時の扉

おお、お恵み深い王よ、お目にかかれて光栄でございます。私はハーゼ氏のお導きにより、遠い場所からやってきました。本来なら名を明かすところでしょうが、この幾夜にもわたる長い話は、私が名乗るところで終わるのです。

あえてこの業火の只中に私を呼び出されたということは、王には何か大きな宿願があるのでしょう。もちろん私などには、すべてを手にした王の望みなどわかりませぬ。いや、もしかしたら、王ご自身もわかっておられぬかもしれませぬ。おお、勇気と知性の王よ、この私の邪推をお許しくださいませ。王が己の望みを知らずとも、それは些細な問題にすぎませぬ。なぜなら私が王に差し上げることのできるものは、たったひとつだからでございます。ええ、卑しい身分の私にも、この狭く息苦しい地下の世界から、「時の扉」の力によって王に差し上げられるものがあるのです。「扉」と言っても、物理的なものではありませぬ。あくまでも、概念のようなものでございます。

さて、本来ならば語るべき事柄も数多ありますでしょうが、ここには出番を控えた毒薬も銃もございますし、とうに最後の晩餐もすませてしまわれたようですから、時間は限られております。私はさっそく「時の扉」を開く真実のお話を始めるべきでしょう。今では真実も数少なくなってしまいました。この世はあまりにも多くの嘘であふれかえっております。その中でもっとも大きな嘘を検討するところからお話を始めましょう。

その嘘とは「未来は変えられる」というものであります。

私は決定論の話をしているわけではありませぬ。私が申したいのは、この世界の運命があらかじめ決められていようとも、そうでなかったとしても、どちらにせよ未来を変えることはできないということです。偉大なる「主」の力により世界の運命が決定されていたとしたら、もちろん未来を変えることはできませぬ。加えて、もし未来の運命が定まっていなかったとしたら、より強固な意味で未来を変えることはできませぬ。なぜならその場合、未来は存在していない事柄だからでございます。「変える」とは存在するものを別様にしてしまうことであります。神の力をもってしても、存在していないものを変えることはできませぬ。

察しのいい王のことですから、すでに私の申したいことはおわかりのことと思います。そう、もし何かを変えられるとしたら、それは未来ではなく過去なのです。過去はすでに存在していて、すべての存在は変えることができるのです。王に残された未来は少ないでしょうが、それは問題ではありませぬ。未来など恐るるに足りませぬ。この世の真髄は過去という豊穣な海の中にあるからでございます。

大切なものを失った男の話

おお、お恵み深い王よ。初めてご挨拶をした日から、ずいぶんと時を隔てた場所に来てしまいました。今宵は王が世界に対して初めて勝利を収めた記念すべき日でございますね。この勝利によって王は、王たる資格を持った男から、歴史と秩序を持つ東フランクの王となられたわけです。

さて、本日はある男が大切なものを失った話をいたします。こんな慶賀のいたりの時にする物語ではないようにも思えますが、大切なものを手に入れた今だからこそおわかりになることもありましょう。過去の広大な海の中には哀れな男もいたのです。どうか憐憫とともにご静聴くださいませ。

さて、肝心の物語の前に、まず大事な話をしなければなりません。二千年以上前のことです。古代ギリシアのエレアという植民地に、ゼノンという男がおりました。ゼノンは四十ものパラドクスを残したことで有名ですが、そのうちの四つが哲学者アリストテレスによって語り継がれております。その三つ目である「飛ぶ矢のパラドクス」の話をいたしましょう。

そもそもパラドクスとはなんでしょうか。世には無数の考えがありますが、私は以下のように定義したいと思います。すなわち「もっともらしい前提と正しい推論から、常識や理屈と異なる結論が導かれること」であります。余談ですが、この定義において、「時の扉」とはまさに「パラドクス」でございます。

さて、閑話休題。ゼノンの話に戻ります。彼はひとつの前提を考えました。それは「どんなものも、ある瞬間にあるひとつの場所を占める場合、それは静止している」というものです。どうでしょうか。正しそうに思える前提ではないでしょうか。

そこからさらに、ゼノンは考えました。矢は飛んでいる間、どの瞬間においてもあるひとつの場所を占めています。ゆえに、矢は飛んでいる間のどの瞬間においても静止していることになってしまいます。そして矢が飛んでいる時間は、瞬間の積み重ねによって成り立っています。前提から導かれたゼノンの結論はこうです。

「矢は飛んでいる間、常に静止している」

飛んでいる矢は、それぞれの瞬間に静止しており、どの瞬間にも同じことが言える以上、飛んでいる矢は静止しているのだ、ということでございます。

おお、お恵み深い王よ。どうかそんなお顔はなさらないでください。飛んでいる矢が静止しているとは、たしかにおかしな話でございます。ですが前提にも、推論にも間違いはないように思えます。これこそがパラドクスなのでございます。このパラドクスは、どうして導かれてしまったのでしょうか。何が間違っていたというのでしょうか。

マケドニアのスタゲイロスで生まれた哲学者アリストテレスは、このパラドクスに「時間は瞬間の積み重ねではない」と反論しました。点をいくら集めたところで線にはなりませぬ。それと同様に、幅のない一点である瞬間をいくら集めても、時間など生まれないのではないか、そう考えたわけでございます。

どうでしょうか。正しい反論のようにも思えます。

しかし、このもっともらしい反論を受け入れると、さらに奇妙な事実が浮かび上がってきます。アリストテレスの言う通りだとすれば、時間とは瞬間の積み重ねではなく、幅のある持続の繰り返しによって成り立っております。それはつまり、私たちが「現在」だと考える時間の一点にも幅があるということです。「現在」に幅があるということは、「現在」に「過去」や「未来」が含まれることになってしまいます。

私たちの「現在」には、「過去」と「未来」が含まれているのでしょうか。

ある意味では、その通りだということもできましょう。私たちが過去や未来に思いを馳(は)

せるとき、それはすなわち現在です。現在の中に、過去や未来という想念が含まれている、そう考えることもできましょう。しかしながら、この矛盾はそういう意味ではございません。現在と過去と未来が、同時に発生しているということなのです。

さしあたって私はこの矛盾に対し「時間の流れは存在しない」と答えることにいたしましょう。その答えが何を意味し、どのように矛盾を解決するかは、いずれおわかりになるかと思います。もしおわかりにならないとしたら、それはこの矛盾自体が気にならなくなったということでしょう。それもまた、矛盾を解決するひとつの手段でございます。

「時間の流れは存在しない」というのは、どういうことでしょうか。

「時間の流れを想像してください」と聞かれ、私たちは何を想像するでしょうか。それは川の流れであったり、時計が動く様であったり、あるいは人間が成長し、老いていく姿かもしれません。ですがそれらはすべて特定の物質であり、空間であり、「時間の流れ」そのものではありませぬ。そうです。私たちは、物質が変化するという形でしか「時間の流れ」を想像できないのです。フランス人哲学者のベルクソンが指摘している通り、私たちは物質の変化の背後にある仮象の概念を「時間の流れ」として理解しているのでございます。

「時間の流れ」が仮象であるのならば、「過去」はどうでしょうか。私たちの多くは「過去」はかならず存在し、不変であると考えます。しかしながら不変の過去はいったいどこに存在し、どのように確認すべきものなのでしょうか。

私はそれが、人間の精神の中にあるものだと確信しております。すなわち「過去」というのは、人間が自らの精神を参照したときに現前する仮象の存在物なのです。そして、その仮象の存在を操作するのが「時の扉」でございます。

さて、前置きが長くなりました。世の時間にすればもう過去のこと、ある絵描きの男が「時の扉」の力を求めました。その男は父母の遺産を食い潰しながら絵を描いておりましたが、なかなか芽が出ていませんでした。男の唯一の楽しみは歌劇場に通うことでして、そこでオペラを鑑賞するのを生きがいに、貧乏な暮らしを耐え忍んでおりました。

ある日、いつものように歌劇場でオペラを観ておりますと、男の太ももに何か液体のようなものがかかるのがわかりました。太ももからは異臭がしておりましたが、オペラは佳境で騒ぎ立てるわけにもいかず、また劇場は薄暗かったため、何が起こったのかもよくわかりません。慌てた男の耳元に、苦痛に満ちた吐息とともに「すみません」というご婦人の声が聞こえました。男は液体が座席にかからぬよう、姿勢を変えながら「どうかしましたか？」と聞きました。

「具合が悪くて……」

男の太ももにかかっていたのは、ご婦人が戻した胃の中身だったのです。紳士であることを誇りにしていた男は、慇懃な態度で女性を歌劇場の外へ連れていきました。そのオペラを観るのは五度目でして、筋もわかっていましたし、途中で退席しても別に構わないと思ったのです。

女性は思っていたより若かったのですが、鼻は丸く、口元に少し歪みがあり、それほど美しくはありませんでした。ですが妙な愛嬌があり、男には可愛らしく思えたのです。よほど体調が悪いのか、あるいは男を信頼しているのか、女性は体重を預けてきました。男は女性の腰を支えながら近くの病院まで歩きました。途中で女性が吐き気を訴えたときは路地裏まで導き、背中をさすりながら介抱しました。家族以外の女性の背中を触るのは初めてでした。その背中は滑らかで、仄かに薔薇の香水の匂いがしました。自分の太ももにべっとりとついた吐瀉物も、それほど悪くない匂いに思えてきました。

男は病院まで女性を送り届けると、名前も言わずにその場から去っていきました。そうするのが紳士的であると思ったのです。その日以来、絵を描いているときでさえも、あの日腰を支え、背中をさすった女性のことを思い出すようになりました。その女性の絵を描こうとしましたが、肖像画が苦手だった男は上手に描けず、描きかけのスケッチばかりがアトリエに溜まっていきました。男はそれからも歌劇場に通いました。女性ともう一度会うかもしれない、という期待とともに。オペラが始まる前に客席を見渡し、上演中も暗闇に目を凝らしました。上演後に当て所なく歌劇場の前を歩き、女性が通りかかるのを待つことが日課になりました。似たような雰囲気の女性が通りかかったとき、男の胸は高鳴りました。どのように声をかけるべきか、それとも向こうから声をかけてもらうのを待つべきか、そんなことを考えました。しかし、勇気を出して男が女性の正面に立つと、まったく違った顔を見つけるのでした。

男には女性と自分が親密になれるという自信がありました。自分と女性の間に、運命に似た繫がりを感じていたのです。そして女性との繫がりに更なる自信を持つために、男は色々な理屈を拵えたのでした。そのひとつはこのようなものです。男女が親密になるためにはお互いの腹の中を明らかにせねばならないと聞いたことがある、自分と女性はお互いを認識する前から腹の中を明らかにしていた。ゆえに、出会う前から親密になることが決まっていたのだ、と。その理屈も、理屈から導かれる推論も誤っていましたが、恋の魔法にかかった男にとって、そんなことは問題になりませんでした。

さて、男はこのまま女性と会うことなく、密やかに恋心を溶かしてしまったのでしょうか。いいえ、そうではありませんでした。大きな都市の中から、ついに女性を見つけたのです。

再び女性の姿を目にしたのは、歌劇場で初めて会ってから四ヵ月ほど後のことでした。その日、男は注文を受けて描いた絵をユダヤ人の画商に売りました。他の画商に見放されても、その画商だけは男の絵を買い続けてくれていました。

男が画商の店を出たとき、入れ替わりでやってきたのがあの女性でした。

すぐに気がついた男は、何度も想定していた通り、自然な仕草で女性の前に立ち止まって顔を覗きこみました。忘れもしません。記憶の中のあの愛嬌のある顔に相違ありませんでした。女性は体調を崩していたあの日と違い、どこかにこやかで、口元には笑みも浮かんでおりました。残念ながら女性は男に気づかず店の中に入っていきました。

男が大きな絶望を感じたのは、その次の瞬間でした。女性は画商に「あなた」と声をかけました。画商は「私の大事な宝物」と返事をしました。あろうことか、女性は画商の妻だったのです。

ここまで聞けば、男がなぜ「時の扉」の力を使ったのか、簡単に想像できましょう。男は恋をして、その相手がすでに他の男のものであることを知って傷つきました。どこにでもある話です。

ですが、男はどこにでもいる男ではありませんでした。男は傷ついていましたが、失恋だけに傷ついたわけではありませんでした。男は失恋に傷つき、涙した自分自身の弱さに傷ついたのでございます。「時の扉」を訪れる者の多くは、うまくいかなかった恋愛をやり直したいと願ってやってきます。ですが、男の願いはそうではありませんでした。女性に関する過去をすべてなかったことにすること、そして自分がそうやって過去を抹消したという過去すらなかったことにすること、それが男の願いでした。

過去の改変にけいくつかの手順があります。手順が多くなればその分「代償」が大きくなります。「抹消」にも個々の状況によって必要な手順の数は変わるのですが、この男の場合は少ない手順で実行できるので、「代償」もさほど大きくありませんでした。

男は「代償」を受け入れ、「時の扉」の力を使いました。こうして女性との過去は「抹消」され、また抹消したという過去そのもの、つまり「時の扉」をくぐったという過去も「抹消」されたのでございます。

金貸しの男とケンタウルスの話

おお、お恵み深い王よ。以前にお伺いしてから、また数多の日々を跨いでしまいました。今日はちょうど、王が愛するお母様を失った日ですね。王はこの日から死の瞬間まで、一度も涙を流しませんでした。私はそのことをよく存じております。それと同時に、改変や抹消によって埋もれていった数多の過去の中で、王が幾度となく涙したことも存じております。恋に破れ、友人に裏切られ、愛した動物が死に、あるいは芸術に感動し、あなたは多くの涙を流しました。しかし王は、その過去をすべて変えてしまわれました。あなたはこれからも己の涙を消し続けるのでございます。あなたが弱さを見せるたびに強くなっていったという事実は、これから王になる若いあなたの心の片隅に置いておいても構わないのではないでしょうか。

前回お会いしたのはいつのことでしょうか。

世の時間にすればおそらく二十数年後、あなたが最初の勝利をおさめた夜だったかと思います。そう聞くと、前回会ったのは未来のことに思えますね。それだけでも「時の扉」の力が実感できるのではないでしょうか。ですが、「未来」などありませぬ。これは過去の話でございます。前回も今回も、あの地下室で過ごした夜から見れば、どちらも過去なのです。

すでにお話しした通り、時の流れとはひどく不確かなものです。私たちは過去という仮象を精神の中で養っている、というお話はもうしていますね。

精神というとひどく抽象的ですので、もう少し具体的なお話をいたしましょう。私たちが現在と考えている仮象は、脳の右側に存在しております。そして私たちが過去と考えている仮象は、脳の左側に存在しております。私たちが「時の扉」の力を使い、過去への旅を始めると、脳の中では何が起こるでしょうか。

残念ながら私たちの脳は、かなり強力に現実を改竄(かいざん)しています。たとえば目の前で爆発が起こったとしましょう。音が脳に届く時間と、光が脳に届く時間にはかなりの差があるのですが、脳はそれが「同時」だと認識し、実際に私たちもそう考えます。これと似たようなことが、過去への旅でも起こります。Bという時点でAという出来事を改変して、Aダッシュという出来事に変えてしまったとしましょう。実際に経験するのは「A→B→Aダッシュ」の順ですが、脳の左側がそれを改竄し、AとAダッシュを同じものだと判断し、

「Aダッシュ→B」と認識してしまうのです。そうなると、私たちは過去へ旅したという認識を失い、Aという本来の過去をも失ってしまいます。「時の扉」はその強力な編集機能を使うことで、一定の過去を簡単に改竄することができるのです。

さて、無意識のうちに時系列を編集してしまう時空の支配者は、海馬という部位でございます。「時の扉」の力を使うためには、この支配者の手から自由になるだけでなく、うまく利用しなければなりませぬ。海馬は厄介な敵です。すべての出来事を自分勝手に整頓してしまう上に、整頓の記録を残さないのですから。ですが、その力をうまく誘導できれば、非常に強力な味方にもなります。

さて、今宵はその「海馬」の支配から逃れ、逆に支配してしまうための、最初の段階を踏むことにいたします。最初に申しておきましょう。海馬は物語を編集します。「海馬」の目を逃れるために重要になる点は「細部」であります。

ある町に、オッペンハイムという金貸しの男がいました。オッペンハイムは都市で商売をして儲け、学生だった妻と出会い、やがて結婚にいたりました。ですが都市での生活に政治的な問題が生まれそうになり、二人はやむなく国を出て妻の故郷で暮らすことになりました。オッペンハイムはその小さな町で金貸しをすることにしたのです。彼の住む町では古くからの言い伝えにより、双子の赤子は忌むべきものであるとされていました。よそ者であるオッペンハイムは町の言い伝えに関しては懐疑的でした。双子が忌むべきものであるという考えもそうですが、生まれた双子の赤子の上半身と下半身を切断し、森の深くに捨てるという慣習が残酷すぎると感じたからです。ですが、彼が金を貸している相手の多くは町の者であり、言い伝えに疑義を挟めば商売相手を失いかねませぬ。オッペンハイムは残酷な慣習に違和感を覚え、心を痛めつつも、何年かに一度双子がそれぞれ切断され、森に捨てられること自体には口を挟みませんでした。

そんなオッペンハイムも子宝を授かることになりました。

そう、お話は工の想像されている通りに進みます。オッペンハイムの妻が出産すると、双子が生まれてしまったのです。妻の両親は町の言い伝えを深く信じていたので、娘がお腹を痛めた赤子でありながら、双子を切断し、森の奥深くに捨てるよう医師に指示しました。オッペンハイムとともに、妻もそれに反対しました。都市での生活を経験しており、町の慣習が普遍的なものでないことを知っていた妻は、愛する我が子が目の前で死ぬことに耐えられず、言い伝えが迷信であると主張しました。

妻の両親は娘とオッペンハイムに対し怒りを見せ、「お前たちは町に災厄を持ちこむ裏切り者だ」と言いました。汚い言葉を浴びせて娘を泣かせ、「お前たちをこの場で切断してやる」とまで口にしました。すでに切断の準備を始めていた医師は、「もし町の掟（おきて）に従わないのなら、町を守るためにあなたたちの身の安全は保証できない」と同調しました。

　オッペンハイムは悩みました。妻はショックのあまり気を失ってしまいました。出産したばかりの体に両親から初めて汚い言葉を浴びせられ、心をひどく痛めてしまったからでしょう。その上我が子を失ってしまっては、目を覚ました妻がさらに傷つくことになると思い、双子を連れて逃げだすことにしました。

　ですが、逃亡は失敗しました。それほど、町の掟は大きな意味を持っていたのです。オッペンハイムを見つけた町の住民は、彼の腕から双子を奪い、あっという間に切断してしまいました。オッペンハイムは「裏切り者」の烙印を押されましたが、なんとか命を奪われずにすみました。

　オッペンハイムにできることはありませんでした。双子はもう死んでしまったのです。妻の両親を、町の住民を憎みましたが、子どもたちはもう還ってきません。オッペンハイムは切断された双子の死体が捨てられた場所に墓を作ると、妻とともに町を出て、再び都市に戻りました。都市での生活は息苦しさを増していましたが、心の平穏に比べられるものではありませぬ。その町へ戻るのは、毎年一度、双子の命日だけでした。彼は仕事を休んで森の奥深くにある墓へ向かい、自らの罪を懺悔しました。

　それから三年が経ちました。双子を失った日以来、妻との関係は完全に修復したわけではありませんでしたが、日々の生活は徐々に平穏を取り戻し、絶望と悲しみの淵から戻りつつありました。そんな中、二人に新しい子どもができました。今度は双子ではありませんでした。日々の生活は忙しく、新たな生命を愛さなければなりません。オッペンハイムはいつまでも過去に縛られているわけにはいかないと思うようになりました。

「時の扉」の力の存在を知ったのは、そんなときです。彼と彼の妻は当初、双子が死んでしまう前に戻ることを考えました。ですがそれでは、今お腹に宿っている命を消してしまうことになります。どうあっても、三人の子どもすべての命を救うことはできません。彼らは思案し、双子を切断された過去を「抹消」することに決めました。「代償」は大きかったのですが、「抹消」は成功しました。こうして彼らは心に深く刺さった棘（とげ）とともに、妻の故郷で失った二つの命についての過去を消したのです。

　三度目の命日が近づくにつれ、オッペンハイムは心に何か空洞があるような気がしてきました。過去は複雑に絡み合い、それぞれが互いに過去を支え合っています。「抹消」は完璧ではなかったのです。たしかに双子の過去は「抹消」していましたが、妻の故郷に住んでいたときのことや、故郷に嫌気がさして都市へ戻ってきたことを忘れたわけではありませんし、なんらかの理由で毎年森の奥深くの墓を訪れていたことも覚えておりました。

　オッペンハイムは命日の前に、導かれるように都市を出ました。都市から町までたどり着き、夕方になると森へ向かい、墓の前で普段より丁重に「主」へ祈りました。

すっかり夜も更け、二本のロウソクがゆらゆらと炎の影を作っておりました。オッペンハイムは自分がなんのために祈っているのかもわかりませぬ。何か重要なことを忘れている気がする、そんな思いだけが闇の中に漂っています。

オッペンハイムが「それ」を見たのは、そのときでした。オッペンハイムはその幻を、ロウソクの後ろに、半人半獣の幻が見えたのです。オッペンハイムはその幻を、自らの心の空洞と、空に光るケンタウルス座が見せた錯覚だろうと思い、目を瞑ってから祈りを再開しました。

しかしながら、目を瞑っても幻は消えません。

半人半獣の幻は、オッペンハイムの心の空洞と何か関係しているように思えました。ですが、「抹消」を終えてしまった彼には、その空洞がなんなのかわかりません。彼は半人半獣の幻に手を伸ばしました。

唐突ですが、物語はここで終了します。不遜ながら、私は王にひとつの問いを送りたいと思っているからでございます。

オッペンハイムが幻を見た翌日は一九三二年七月三十一日でした。その日のドイツの議会選挙で、彼はナチ党に投票したでしょうか？

すべての戦いに勝利した男と、失い続けた男の話

　さて、私は再び、窓のない地下室へやってきました。この小さな会議室はいつも湿っていて薄暗いのに、太陽を拝みたいと口にする者がいないのは不思議なことです。私にとって時とは仮象にすぎず、信じられるのは変わらずに照り続ける太陽の光だけでございます。ですので、このような朝も夜もない閉ざされた部屋では、自分がいったいどこにいるのか、その基準となる地盤を失い、朦朧たる奈落の底にいるように感じてしまうのです。

　率直に申しましょう。

　この場所はお話に適しておりません。ええ、陽の光がないことは副次的な理由でございます。それよりも、ここには数多くの男女がおり、取り乱している者も落ち着いている者もいることが問題なのです。もちろん彼らの存在が、あるいは彼らの声や息遣いが、私の話の邪魔になるのだと申しているわけではございません。私が心配しているのは、あなたが彼らと出会い、ともに過ごした日々が永遠にも一瞬にも感じられてしまい、混乱という

形で「現在」に影響を与えてしまうことであります。そのせいであなたの心には常にひとつの問いが残り続けましょう。すなわち永遠と一瞬の区別はどのようにつくのか、というものです。あなたはその答えに近づきつつあります。そしてその答えが、それがすでに得られたものなのか、これから得られるものなのか、今宵のお話を聞けば、それもわかることでございましょう。

以前この場所でお会いしたときはすでに最後の晩餐も終えていらしたこともあり、ほとんど時間はありませんでしたが、今宵は少しだけ余裕がございます。ゆっくりとお話をすることもできましょう。

さて、まず「時の扉」のお話を少しいたしましょう。

自分の部屋を赤くしたいと思ったとき、どのような手段がありましょうか。まず一つ目が、部屋を赤く塗装するというものです。もっとも平易で、確実な手段でございます。しかし、時間がかかりますし、労力も使ってしまうのが難点です。二つ目は、部屋の照明を赤い磨(す)りガラスで覆ってしまうというものです。一つ目に比べれば時間もかかりませんし、ほとんど労力もいりません。ですが、一つ目と同様に、道具が必要になってしまいます。

三つ目は自らの眼球を潰し、血で視界を赤く染めるという方法でございます。これは道具も必要ではないし、時間もかかりません。ただし、最大の難点は部屋だけでなく、すべてのものが赤く染まってしまうということでございます。

「時の扉」で過去を変えるときの手段にも、実はこの「赤い部屋」と同じことが言えるのでございます。様々な道具を準備して過去を丁寧に塗り替えていく、という手段は一つ目に対応しております。時間もかからず、特殊な装置で過去を別様に変えてしまうという手段は二つ目でございます。時間もかからず、道具も必要とせず、現在と未来をも含むすべてを変えてしまうというのが三つ目の手段です。三つ目の手段は、純粋に脳の操作によって行われます。「現在」を感じる右脳の機能と、過去を整理する海馬の機能をすっかり組み替えてしまうことによって、過去と未来の境界だけでなく、過去と過去の境界も壊してしまいます。どういうことでしょうか。私たちは過去を順序だったものだと考え、その延長線上に現在があると考えておりますが、順序を整理する機能を変えてしまうことで、未来が過去に感じられ、過去が未来に感じられてしまうのです。ちょうど眼球を潰して視界が赤く染まってしまったように、不可逆かつ永久に、不安定な時空の中に漂い続けることになります。

さて、「オッペンハイムがナチ党に投票したか」という問いの答え合わせをいたしましょう。あのお話をしてから、世の時間にすればおそらく三十数年が経っておりますが、王にとっては一瞬のことでございましょう。どのような問いだったかは、よく覚えていらっしゃることかと思います。

オッペンハイムの絶望と恐怖から、半人半獣の幻を見た翌日に投票を行うことはできなかっただろう、という答えは憶測に過ぎませぬ。オッペンハイムはたしかに幻を見るほどに憔悴(しょうすい)しておりましたが、過去を「抹消」したことで得た強い意志で投票を行うこともできたかもしれませぬ。

おお、お恵み深い王よ。そんな顔をなさらないでください。あなたが何をわかっておれるか、何をわからずにおられるか、私はすべて存じております。賢王のことですから、オッペンハイムという名前、金貸しという職業、そして二本のロウソクを使った安息日(シャバット)の儀式などから、男がユダヤ人であることを予測したことでしょう。そしてユダヤ人がナチ党に投票することはない、と。

ですが、この答えにも問題がございます。まず、オッペンハイムがユダヤ人であることは憶測にすぎませぬ。それだけでなく、ユダヤ人がナチ党に投票しないとは限りませぬ。さほど多くはなかったでしょうが、あり得ないと断言することはできないでしょう。憶測に憶測を重ねれば、現実は遠く霞(かすみ)の中へ消えていってしまいます。

私が出した問いには、きちんと断言できる答えがあります。

男は選挙の日の前日に、ケンタウルス座を見ました。ケンタウルス座は南洋でしか見ることができません。すなわち、妻の故郷は南洋にあったということです。第一次世界大戦で負けたドイツは南洋に領土を持っておりませんでしたし、一九三二年の段階で、南洋からドイツの本土へ一日で戻ってくる手段はありませんでした。つまり、オッペンハイムがナチ党に投票することは不可能だったのです。妻の故郷が南洋にあったことから様々な憶測ができるでしょうが、それらもすべて関係ありませぬ。もっと言うならば、あの話が示唆する教訓めいたものと問いそのものにも関係はありませぬ。

私がこの問いを拵えたのは、何よりも細部が重要だということを、王にわかっていただくためです。

さらに細部を注意深く考察すれば、オッペンハイムのロウソクを使った儀式がユダヤ教のものではないこともおわかりかと思います。なぜなら一九三二年七月三十一日は日曜日であり、その前日は土曜日です。敬虔（けいけん）なユダヤ教徒が土曜日に安息日の儀式を行うことはないでしょう。実際に、オッペンハイムは改名をすませていないだけの改宗者でした。妻と出会ったことで、ユダヤ教を捨てていたのです。

蛇足でした。そんな話はどうでもいいですね。それらもすべて、問いとは無関係の話でございます。話の要点は、物語を支える背骨がいつもわかりやすい位置にあるとは限らない、ということなのでございます。「時の扉」に関する限り、過去が変わったことも、変えたという事実も背骨ではないのです。

背骨は細部に宿ります。そしてその細部こそが、過去を変えた者の心を傷つけるのです。そしてこれこそが、私が繰り返し申している「代償」なのです。

おお、お恵み深い王よ。王が王になられてからは、いつも時間がありませんでした。王に時間があるときは、王には地位がありませんでした。過去を変えた王よ。細部に傷つけられ、その「代償」に苦しんだ王よ。私はあなたの強さに、あるいは弱さに、あなたの強さと弱さが犯した罪の大きさに、その罪を消すために生じた無数の細部の矛盾に、涙を流したいとさえ思っております。あなたによって切り捨てられていった世界を隅々まで慈しみ、いつまでも涙を流したいと思います。しかし、あなたの偉大な地位をもってしても、あるいは「時の扉」の力を使っても、あるものの「速度」を変えることはできませぬ。ご存じの通り、この世に存在しているすべてのものには速度があります。ゼノンの話を蒸し返すわけではありませんが、静止しているものにも「0」という速度が存在しているのです。存在しているものを変えることは可能です。ですが、速度を変えられないものもあります。

それは「時間」です。一秒は、かならず一秒の間に進行します。愚かなことを申しているようですが、そのことを忘れてはなりません。一秒の間に二秒が経過するなどということはありえないのです。あなたは死を目前にした束の間の祝福の時間を、いつまでも過ごしたいとお思いかもしれませぬ。ですが、「時の扉」はあなたの時間を引き延ばすことはできませぬ。「時の扉」ができるのは、時間という仮象を乱し、あなたを無限の過去の中に放りこむこと、ただそれだけでございます。

無駄話がすぎました。私が言いたいのは、時間は限られておりますし、限られた時間の速度を変えることもできないということであります。

今宵話すのは、二人の男の話です。一人は勝利に取り憑かれた男で、もう一人は失い続けた男です。

勝利に取り憑かれた男とは、あの絵描きをしていた男です。

かつて絵描きだった男は政治家を志すようになりました。彼には絵の才能はありませんでしたが、演説の能力がありましたし、「時の扉」のおかげで、あらゆる誤りを疑わずに、それが唯一の正解であると思いこむことができました。男は一度クーデターに失敗し、刑務所に入れられましたが、その過去を「抹消」しようとはしませんでした。代わりに、絵描きとして失敗した自分の過去を改竄し、教育制度の責任にすることにしました。男は刑務所から戻ってくると最初の勝利を収め、王になり、権力を強め、生存圏を広げるために進駐と併合を進めました。そしてそれは、戦争になりました。

王はご存じだと思いますが、戦争が勝利と敗北の二つにわけられる、という考えは幻想にすぎません。双方を納得させる形で勝利と敗北を宣言する審判など、この世に存在しないからです。

男はそのことをよくわかっていました。「時の扉」の力を使い、敗北を勝利に変え、存在しなかった陰謀を生みだし、不都合な現実を抹消しました。その手法に限界が来ると、過去を見る「目」自体を変えてしまったのです。その目を通じてみれば、敗北が勝利に見えます。失敗が成功に見え、誤った主張が正しいものであるように感じられます。しかし、「目」の操作にも限界がありました。

男は最後に「解釈」を変えてしまいました。戦場での「勝利」という目的はより崇高な「究極的勝利（エントジーク）」の一部分に変わり、しまいには「最後まで戦う」ことが目的になりました。失敗は部下や他民族のせいであり、正しさは常に自分にあると感じていました。その考えと矛盾する過去は、すべて抹消や改変されてしまっていたのです。こうして男は「時の扉」の力を使い、最後の瞬間まで勝ち続けました。

もう一人の、失い続けた男の話をしましょう。

男は政府のせいで商売が成立しなくなりました。仕方なく別の町で新しい商売を始めましたがこれもうまくいかず、友人の紹介で公職につきましたが、これも新しい法律によって解雇されました。子どもは学校から退学させられ、運転免許を剥奪（はくだつ）されただけでなく、自動車も奪われました。戦争が始まると兄とともに国外移住を迫られ、その先のゲットーで流行した伝染病で兄が死にました。兄が死んだころには、「虐殺」が始まっていました。追放にも限界が訪れ、受け入れ先の見つからないユダヤ人を皆殺しにしはじめたのです。

しかしそれでも男は希望を失いませんでした。まだ妻も子どももいました。戦争はすべて「勝利」でしたが、徐々に雰囲気が変わってきました。それでも政府は「ユダヤ人を絶滅させる」という「最終計画」のために、ユダヤ人の虐殺を続けていました。男はすでに改宗していましたが、そんな主張は受け容れてもらえませんでした。

そしてついに、男の息子が殺されてしまいました。絶望した男の妻は、首を吊って自殺してしまいました。

男は逃げだすこともできず、「時の扉」の力を頼ることにしたのです。過去を変え、それによって現在を変え、未来を作りだすためです。

しかし、この改変は、失恋の過去を抹消するというような単純なものではありません。男の置かれた状況から過去を変えるために、「時の扉」は多くの「代償」を要求いたしました。

「戦争」や「政府」という過去を変えてしまうのは、容易なことではありません。それは様々な数多くの過去と結びついており、ひとつの過去から「戦争」や「政府」を抹消すれば、連鎖的に他の過去、そして無数の細部との不整合を起こしてしまいます。どうしてゲットーでの暮らしを余儀なくされたのでしょうか。どうして息子は殺されたのでしょうか。「息子が殺された」という過去を変えても、同様のことが起こります。どうして妻は自殺をしたのでしょうか。妻が自殺をしたという過去を変えてしまえば、男の隣に妻がいないこと、未来にもずっと妻がいないことが説明できませぬ。

過去を変えるために、「時の扉」は眼球を潰すこと、すなわち「現在」を抹消することを要求いたしました。「現在」を感じる元凶である右脳の処理を止め、過去を司る海馬にその機能の一部を譲り渡すというのです。そんなことをした「代償」はどれだけのものになるでしょうか。ものごとの時系列は乱れ、無秩序な過去の海に、永遠に漂うことになるのです。しかし男はその選択をして、時間と空間の区別のない、無限の中に生きることにしたのです。

男の「時間の流れ」は消滅しました。

未来も過去もありません。どの時間のどの場所にも、好きなように現れ、好きなように消えることができます。男の中には、幸福と絶望が入り混じっており、それを切りわけることもできませぬ。

おお、お恵み深い王よ。それとも我が総統と呼んだ方がよろしいでしょうか。すでに、ベルリンの地上にはソ連の赤軍が迫っており、あなたに残された時間もわずかとなりました。それゆえに、あなたは時間を遡ろうとしたのでしょう。

さて、失い続けた男とは、すなわち私のことでございます。そして、最後まで勝利することを求めたあなたも、この無限の過去の海に漂うことになるのです。歌劇場で出会った女性に恋した男は、その女性の記憶と、失恋に涙した記憶が消され、精神の強さと女性の夫であるユダヤ人への憎悪だけが残りました。男は己の弱さに直面するたびに過去を変え、変えてしまった過去の矛盾を解消するために過激な思想を生みだしました。そしてその思想が私の息子と妻を奪ったのであります。

いいですか、私の妻を奪ったのは、あなたなのです。

私があなたと初めてお会いしたとき、あなたは弁が立つだけの冴えない画家でした。それでもあなたの絵を買いました。家族を失ったあなたが不憫に思えたからです。あなたの絵はまったく売れませんでしたが、それは気になりませんでした。私はあなたのために、絵を買っていたからでございます。もちろん、あなたが私の妻に恋をしていたことも、強さを得るためにその過去を抹消したことも存じませんでした。しかしそのことが、私がすべてを失う遠因のひとつになっていたとは、なんという皮肉でしょうか。

おお、恐ろしき「時の扉」よ。

私は今、ひとりの男に復讐をしております。そしてその復讐は見事成功したように思えます。「時の扉」が私に与えた代償は、あまりにも大きなものでした。私はもはや、死ぬこともできませぬ。

どうか私から、復讐までも奪わないでください。この物語も、私の脳が作りだした仮象だとは言わせません。私はひとりの男の「時の扉」を開いたのです。その男は用意した毒薬と銃も使うことができず、時間の存在しない「永遠の勝利」という過去の海の中で生き続けるのです。

おお、お恵み深い王よ。あなたはもう、この世から逃げだすことすら許されませぬ。なぜなら、私の物語を聞いたあなたは、時間の概念そのものが変わってしまったからです。あなたを繋ぎとめる仮象であるところの、「時間の流れ」はすでに消滅してしまいました。この物語を抹消することも、もはや不可能でございます。大事なのは、物語の骨格ではないからでございます。これから永遠に、この物語に仕掛けられた無数の細部があなたの過去を傷つけます。そして、私の話が終わることは、「時の扉」が完全に開いてしまったということを意味するのです。

話を終えないでくれ、と言われましても、もう無駄なことです。私が話すべきことはあとひとつだけだからでございます。

さて、物語を締めくくりましょう。

すべてを確信し、永遠の勝利を受け容れた王に、私の名前をお教えします。私はオッペンハイムでございます。以後、永遠にお見知り置きを。

ムジカ・ムンダーナ

1　デルカバオ

　船が水色の浅瀬に入ると、ようやくデルカバオ島の全景が見えてきた。小さな島だということは知っていた。海に沿って住民たちの高床式の家が並んでいて、どの家も壁がカラフルに塗られている。マングローブの森の近くに建っている赤い家の小さな窓から子どもがこちらを見て、指をさして何かを話している。

「あんたの名前を聞いてなかったたな」

　船を操舵している男が流暢な英語で言い、「俺はロブだ」と手を出した。

「ダイガ？」と僕も手を出し、握手をする。

「そう」

「いい名前だ」と笑ってから、ロブは西の浜辺を指さす。「砂浜だ。今は満潮が近いから狭いが、夜になるとだいぶ広くなる」

ロブの話す言葉はすべてにはっきりとした音階があった。歌を聴いているみたいだ。そのことを伝えると、ロブは「言葉も音楽も同じだ」と言った。「ひとつひとつがあって、組み合わさって意味が生まれる」

「同感だよ」と僕はうなずいた。

ロブは十二歳のときに島を出て、ルテア族であることをやめたという。基本的には、金銭を使って何かを買った瞬間に部族民としての資格を失うらしい。近くにある大きな島に出たロブは最初にバスに乗ったという。「バスの運賃を払うときは緊張したよ。これで終わりなんだって」

「どうしてバスに？」

「いろんなエンジンのメロディを聴いてみたかったんだ」とロブは言った。「島では発電機か船のエンジンの音くらいしか聴けなかったからね。俺はエンジンのメロディが好きだった」

「バスの運賃はどうやって稼いだの？」

「島から干物を盗んで売った」

「で、どうだった？　バスの音は」

「退屈だったね。期待していたようなメロディはなかった」

英語は近くにある大きな島で学んだそうだ。今はこうやって、観光客や学者を相手に通訳をして金を稼いでいるらしい。小さな家を持っているようだし、この船だってロブのものだった。ルテア族の言語と英語の両方を流暢に話せるのは、世界中を探してもロブしかいなかった。

船のエンジンが切られ、船首に立ったロブが大きな竿をパドル代わりにして島に近づいていく。浜辺にはいくつかの小さな船が停泊している。それらを器用に避けながら、船は岸に向かってゆっくりと進む。波の音に混じり、遠くからバイオリンのような音が聞こえていた。マンジアだ。

「機械は持ってないよな？」とロブが言う。僕は「もちろん」とうなずく。出港前の検疫で機械類はすべて預けていたし、不正に持ちこんだ場合、フィリピン政府の法律に違反するという説明も受けていた。

デルカバオ島は独自の文化を持ち、その文化を守るために厳格なルールが存在していたが、絶海の孤島というわけではなかった。大きなビルの建ち並ぶセブシティは船で三時間半ほどのところにある。外洋を通るので、僕たちが乗っている小さな船ではセブシティまで直接向かうことはできないと聞いたが、近くにある大きな島から毎日二本の定期便が出ているし、マニラまでの高速船もある。

水しぶきがあかる。水滴が日光を反射して、海が白く光っている。右手にサンゴ礁の広がった砂浜がある。

「デルカバオは小さな島だ。東西が歩いて十五分、南北が十分。一時間もあれば、島を一周できる」

この島には五百人ほどのルテア族が住んでいる。島民は基本的に自給自足で生活している。魚を捕り、手芸品を作り、そして財産を作る。

船が停まった。ロブは錨(いかり)を下ろし、ロープで木に船をかたく舫(もや)ってから「駐在所はこっちだ」と島の中に入っていく。僕も島に上陸し、ロブを追いかける。

浜辺から「戦いの森」と呼ばれる木々の間を通る。椰子(やし)の木の他に何かの広葉樹も生えているが、森というには規模が小さいし、日光は容赦なく降り注いでいる。

Tシャツに短パン姿の男の子がしゃがみこんで、地面を見ながら何かを口ずさんでいた。僕は先ほど船でロブに教えてもらった「ハジャオ」という言葉を発してみた。「やあ」と「こんにちは」と「ありがとう」と「愛している」を兼ねながら、そのどれでもない言葉らしい。男の子は怪訝(けげん)そうにこちらを一瞥(いちべつ)すると、「マーイア、ラーイア」という歌のような言葉を三度繰り返した。そこに別の女の子がやってきて、より複雑な言葉を発した。

二人は僕がその場にいないかのように現地の言葉で会話をしながら脇を駆け抜けていった。

港は島の南側にあったが、小さな島なだけあって、北東端にある駐在所にはすぐ着いた。

伝統的なニッパ椰子の屋根で、建物の中央は吹き抜けになっており、ハンモックの奥に八人掛けのテーブルが置かれている。テーブルの先は一面の砂浜だった。

「そこに座って待っててくれ」

ロブはそう言うとどこかへ行ってしまった。すぐに「オフィス」という札が吊るされたドアが開いて男性がやってきて、「ハロー」と英語で言った。「私は政府職員のキャムニです。あなたは？」

「高橋です。高橋大河」

駐在所はフィリピン政府が用意した、交番とゲストハウスを掛け合わせたような場所だ。

僕のパスポートを確認し、白い紙にサインをしてから、キャムニは書類の束を出した。

「こちらの冊子に書かれているのはデルカバオ島のローカルルールです。特に注意すべき点を簡単に説明します。一、大声で騒がないでください。また、物音などに対して島民が嫌がる素振りを見せたときは、なるべく従ってください。二、水がたいへん貴重なので、シャワーは一日一回にしてください。お湯は出ません。三、島内のトイレは汲み取り式です。島民はあまりトイレを使いませんが、ゲストは衛生面からトイレを使ってください」

キャムニは僕の部屋の位置を説明してからパスポートと貴重品を預かり、僕を島の南側のロッジまで案内すると、駐在所に戻っていった。小さなロッジは島民が住んでいるものと同じで、割竹で編んだ高床の小さな部屋だった。中央に置かれたベッドに蚊帳が吊ってあって、風が抜けるよう二つの大きな窓がある。もちろん電気は通っていないし、部屋に鍵もついていない。

僕は荷物を置いて、早速広場へ向かう。広場には大きなシャコやロブスターを焼いている中年の男性がいた。若者が彼のもとへ近づき歌をうたった。男性が「ミーヤス、モイーバ」と答えると、若者は腕を組んでから即興で別の歌に変える。取引が成立したのだろうか、若者はシャコを手に入れて、かぶりついた。

「食べたいなら、君も歌ってくればいい」

後ろから声が聞こえた。ロブだった。

「『ミーヤス、モイーバ』ってどういう意味？」

ルテア族の言語はタガログ語に近く、文法はほとんど同じだそうだが、極端に語彙が少ないとされている。

「『それは俺の所有する曲だ』って意味。歌が取引に使えないとき口にされる言葉だよ」

「なるほど」と僕はうなずく。

「去年やってきたイギリス人は、ローリング・ストーンズで海産物を荒稼ぎしていたよ」

「そういうのは、ちょっとずるいんじゃないかな」

「別に問題はないよ。そのイギリス人はすでに対価を払い、ローリング・ストーンズを所有していたわけだ。彼がその歌をどう使おうが、彼の自由だ」

「でも、そいつが作曲をしたわけじゃない」と僕は反論する。

「誰が作ったかなんて、たいした問題じゃないだろう」とロブが言う。「音楽がそこにあることが一番重要さ」

たしかに、と僕は説得されかけてしまう。バッハの音楽には、それがバッハのものであろうと誰のものであろうと、人々を感動させる力がある。

「なあ、ダイガ。お前はこの島に何をしに来た？」

「ある音楽を聴きに」

「どんな音楽だ？」

「この島でもっとも裕福な男が所有していて、これまで一度も演奏されたことがないという、歴史上もっとも価値のある音楽だよ」

「聴けるといいな」とロブが笑った。

2　東京

バッハの「平均律クラヴィーア曲集第二巻」に、調子外れのビープ音が混ざる。時速百キロを超えたときに車内に鳴る警告音だった。妙にリズムが合ってしまっているから、警告音が楽曲に参加しようとしているみたいで気持ちが悪い。夕方の東名高速は空いていたが、僕は警告音から逃れるためにアクセルを緩めた。追い越し車線の流れに乗っていけば、もう少し早く帰ることができるだろう。奈緒からは「早く帰ってこい」と厳命されていたが、僕は壊れたような警告音にどうしても耐えられなくて、九十キロ台を保ちながら走行車線をのんびり進むことにした。

後部座席いっぱいに撮影機材を積んだせいもあるだろう。強い風でバランスを崩して、二十数年もののカローラが大きく揺れた。このまま車体がバラバラに分解されてしまうのではないかと感じるくらいだ。自分の車を修理に出していたので、仕方なく母に借りたものだった。燃費は悪いし加速も遅い。ハンドルは宇宙船のハッチみたいに重い。何より問題なのは、右にハンドルを切ったとき、反動でダッシュボードの収納ボックスが勝手に開いてしまうことだ。僕は何度か左手を伸ばして助手席の収納ボックスを閉じた。昔、運転席に座っていた母がそうやって左手を伸ばしていたのをふと思い出す。

今日の撮影は大学の吹奏楽部で、モーツァルトの「魔笛」が少しだけ珍しかったのを除けば、概（おおむ）ねありがちな選曲だった。「スター・ウォーズのテーマ」、「シング・シング・シング」、ディズニーにホルスト。吹奏楽の経験はなかったが、どのタイミングでどの楽器のパートが始まるかはだいたいわかる。楽曲にはストーリーがあり、そのストーリーを予測すればいい。金管のパートが始まりそうだと思えば、あらかじめカメラを金管に向けておく。主役が輝く瞬間、カメラはしっかり彼らを捉えていなければならない。

コントラバスの女の子がなぜかずっとカメラ目線だったことと、チューバの男の子の胸元にソースの染みがあったことが気になったが、撮影そのものに問題はなかった。本心を言えば今日中に映像の編集作業を進めてしまいたかったが、そういうわけにもいかないだろう。帰ったらケーキが待っている。僕の誕生日ケーキだ。

僕が生まれた日、惑星探査船ボイジャー二号が海王星を通過した。二十三歳の誕生日に、ボイジャー一号は太陽系から離脱した。そして今日、「魔笛」が演奏されたという事実に、僕は妙な偶然を感じてしまう。

「魔笛」と「平均律クラヴィーア曲集第二巻」はボイジャーに乗って、太陽系の外、ここから二百億キロ近く離れた宇宙を旅している。一九七七年に打ち上げられたボイジャーにはレコードが搭載されたのだ。「ゴールデン・レコード」と呼ばれるその円盤には、地球や人類を示す画像や動物の鳴き声、様々な言語の挨拶などとともに、九十分の音楽が収録されていて、「魔笛」も「平均律クラヴィーア曲集第二巻」も含まれている。「ゴールデン・レコード」の役割はシンプルだった。太陽系外を旅するボイジャーを地球外生命体が拾ったとき、彼らに地球の文化を伝えることだ。

宇宙人に音楽が理解できるのだろうか。そもそもそれ以前に、彼らに聴覚があるのだろうか。ボイジャーに「ゴールデン・レコード」を載せようと発案した人々は、音楽に何か文化を超えた普遍性があるのではないかと考えたのだろう。もしかしたら、音楽とは宇宙そのものであるという、古代ギリシア以来の考えを支持したのかもしれない。

かつて、僕にとって音楽は宇宙だった。最初は、どこまでも延々と続く恐怖の宇宙として現れ、次は世界のすべてとしての宇宙が現れた。今はどうだろう。音楽は宇宙ではなく、2LDKの部屋みたいだ。現実的で、それなりにやっていけるだけの広さがある。わからないことや、見えないところなどない。すべてが明確で、すべてが手に届く距離にある。でもそこには深遠なロマンや、何か真理めいたものなどない。

トイレに行くために海老名SAに寄る。新しい缶コーヒーを買って車内に戻ったとき、オーディオ装置にカセットテープを入れられることに気がついた。この車に前回乗ったのは父の三回忌のときだ。その日母は、父の遺品のいくつかを引き取らないかと提案した。小さな段ボール箱には、日記帳、名刺入れ、ネクタイピンと、たった一本のカセットテープが入っていた。僕は車内でそれらをざっと確認し、「置き場所がない」と受け取りを拒否した。今さらそれらの遺品とどう向き合えばいいのか、まったくわからなかった。

そういうわけで、行き場を失った段ボールはトランクに置きっ放しになっていた。今この車にはカセットテープがあり、それを再生できる装置がある。さらに付け加えるとするならば、今日は僕の三十歳の誕生日だった。三十歳。僕が生まれたときの父の年齢だ。それらは何か奇跡的な符合に思えた。父のカセットテープは、この日に再生されるのを待っていたのではないか。

僕はトランクから段ボールを引っ張りだした。カセットテープは日記帳の間にひっそりと隠れていた。カバーにタイトルなどは何も書かれていなかったが、誤消去防止のツメが綺麗に折られていて、新品というわけではないことがわかる。母はこのカセットテープに何が録音されているのか「知らない」と言っていた。もちろん僕にも皆目見当がつかない。それが音楽なのか、そうでないのか。それすらもわからない。

父はかつて名の知れた作曲家だった。父の作曲した「三日月」はハリウッド映画にも使われた。僕が四歳のとき、すべての仕事を投げだして突然フィリピンへ旅立ち、そのまましばらく帰ってこなかった。数カ月後に帰ってきたとき、作曲家を廃業したと告げた。父は新しい仕事もせず一日中家にいたが、ある日、五歳になった僕にピアノを教えると言いだした。父の練習は過酷で厳しく、子どもの僕は常に怯えていた。数年後、僕が父のスパルタ教育を拒絶して以来、一切音楽に関わろうとしなくなった。家にあったすべてのＣＤとレコード、そして楽器と楽譜を処分した。音楽を聴くこともなくなったばかりか、音楽に関することを家庭内で口にすることも許さなくなった。

スマホから流していたバッハを止める。カセットテープのカバーを開ける。そのとき僕は、テープのラベルに「ダイガのために」と書かれていることに気がついた。

「ダイガ」とは僕のことだ。父が僕のためにこのテープを？

僕は混乱しながらテープを装置にセットして、再生ボタンを押した。もしかしたら、僕に対する罵詈雑言が録音されているのかもしれない。僕が「これ以上ピアノには触らない」と宣言したときには、冷たい言葉をいくつも浴びせられた。当時の僕はそれなりに傷ついたし、実際にあれ以来一度もピアノには触っていない。

でも、それならどうして「ダイガのために」というタイトルをつけたのだろうか。

いや、罵倒ではない、と僕は思う。もっとタチが悪いのは、謝罪の言葉だ。すまなかった、本当はお前との関係を修復したかった。もしそんな言葉が録音されていたら……。僕は今でも父を許していないし、死んでから詫びられたところで許すつもりもなかった。僕はきっとカセットテープを二つに割り、粉々になるまでカローラのタイヤで踏みつけるだろう。

オーディオ装置はまだ壊れていなかったようだ。テープがするすると回転する音がしていた。高速の入り口の段差で車体が揺れた。しばらく無音のあとに、ホルンの音が聞こえてきた。

音楽だった。

聴いたことのない、オーケストラの曲だった。

ちょっとした渋滞が始まっていたおかげで、僕は運転中にもかかわらず、かなり集中してその曲を聴くことができた。三分あまりで演奏が終わり、その後はずっと無音だった。他に何か隠されたメッセージがあるのではないかと最後まで耳をすましたが、結局テープには一曲しか入っていなかった。テープの回転が止まると僕は巻き戻し、もう一度頭から聴きなおした。

　壮大なホルンの前奏に、トランペットが加わる。ゆったりとした広がりのある曲だ。中盤に盛り上がりを見せ、そのまま安定してきっちりルート音で終わる。ピッチ変化もなく、緩やかなメロディが二回繰り返されるだけのシンプルな構成だった。途中で転調し、そこから八分の六拍子に変わるところがちょっとしたアクセントなのだろう。どことなく礼儀正しい感じを受ける。どこかの音楽大学で正規の教育を受けたクラシック好きの生真面目な青年が、己の価値観をすべてぶつけて作ったような曲だ。

　僕の主観的な分析はさておき、はたしてこれは誰が作った曲なのだろうか。そして、なんのために作った曲なのだろうか。父が作った曲なのか、それとも誰かが作った曲を、父が録音したのか。

　編成は判別できる限りで、ホルンにストリングス、トランペットにスネアドラム、ティンパニだ。後半の盛り上がる部分で他の楽器も入っているかもしれないが、とりあえずそんなところだろう。ピッチの変化がなだらかなせいか、本来は歌が入っているはずの曲から歌が抜け落ちている、そんな印象もある。

　しかし野暮ったいメロディだ。オーソドックスに作られた無難な曲で、聴きやすいと言えなくもないが、どちらかというと僕の好みではないタイプのはずだった。

だが、どういうわけか、僕はその曲を聴いて涙を流していた。音楽が音楽であることの温かみを感じるような曲だった。これは録音された音楽だ。録音された音楽であるということは、いくらでも再生ができるし、複製ができるということだ。だが、その音楽はかつてどこかで演奏されたのだ。この世界にかつて存在した誰かが頭を抱えて曲を考え、それを誰かが演奏したのだ。当たり前の事実だったが、この曲にはその事実を想起させる力がある。

強烈な愛だ、と思う。作曲家が、音楽に対するすべての愛を捧げて作っているのだ。だからこそ、僕はこのテープから「音楽」の本質を感じてしまう。誰かが、何かのために作った曲を、誰かが演奏している。その奇跡を思う。

僕はこの「音楽に対する愛」の先に、遠くの海に沈みゆく大きな夕日を想起する。身を寄せ合った二人の人間がいて、その二人は大きな夕日をのぞんでいる。そんな風景を思い浮かべる。それと同時に考える。どうして僕はこの曲から夕日を想起したのだろうか。目の前で夕日が沈んでいたから、というわけではない。すでに夕日は沈み、空は薄暗くなっていた。

カーナビ代わりに起動していたスマホのアプリが、東京都に入ったことを告げた。

夕日。

何度聴いても同じ景色が浮かぶ。この曲は僕に強く「夕日」を印象づけていた。二人の人間がいて、夕日がある。そしてその人間のうち一人は——僕だ。それも、子どもの僕だ。楽しい時間が終わり、家路につくときの夕日。小学生のころまで、一日の終わりは午後五時だった。誰かとどこかで遊んでいても、五時のチャイムが響けば帰らなければならなかった。そんなことを思い出した。楽しかった思い出と、楽しかった時間が終わるという寂しさを同時に感じさせる曲だ。

もちろん、「子ども」や「夕日」に対応する音やメロディがあるわけではない。音楽は多くの面で言語と似ている、というのは僕の持論だ。楽音は単語を、スケールは文法を意味していると言うこともできる。でも決して、特定の音が特定の意味を持っているわけではない。たとえばバイオリンのラ♯が「海」に対応している、ということはない。音楽はもっと総合的で、複雑で、曖昧なものだ。音楽が創発するイメージの多くは個人の体験と結びついているだけで、「仰げば尊し」を聴けば卒業式を思い出すし、オッフェンバックの「天国と地獄」を聴けば運動会を思い出す。何かを夢見た若いころに聴いていた音楽は希望に満ちた想いを、失恋したときに聴いていた音楽は感傷を呼び起こす。

この曲を僕は初めて聴いたと思う。それなのに、僕の心には言語化できない感情が、音楽に対する愛が、遠い海に沈む夕日とともに喚起される。

すべての音源と楽器を処分した父は、どうしてこの曲を最後まで手元に残したのだろうか。

この曲についてもう少し調べてみようと思った。そもそもこの曲は父が作ったものなのか。そうであれば、なんのために作ったものなのか。

高速を降り、赤信号で停車したときに、僕はカセットプレイヤーをネットで購入した。明日には届くだろう。カセットテープの音源をPCに取り込み、ノイズを削ればもう少し聴きやすくなるかもしれないし、波形データから何か新しいことがわかるかもしれない。

ちょっとした誕生パーティーを終えてケーキを食べ終えると、奈緒は「仕事で何かあった?」と聞いてきた。

「どうして?」と僕は聞き返す。

「なんか、心ここにあらずって感じがするから。前に撮影データが壊れてたときあったじゃん? あのときの感じというか」

そのときのことは、今思い返しても背筋が凍る。僕の仕事は各地で行われているコンサートや演奏会を撮影、録画して、編集したものをDVDに焼いたりYouTubeにアップしたりするというものだ。今日みたいに大学生の自主コンサートもあれば、小学生の発表会もある。社会人のサークルや、高校生の大会を撮影することは多いが、プロの演奏会を撮影することはあまりない。

二年前、所沢市の婦人会のコーラスを撮影したときに、データが破損していたことがあった。僕にとっては数多くの仕事のうちの一つだったけれど、撮影を頼んできた人々にとっては一年に一度の晴れ舞台だ。データが壊れていました、ですまされる問題ではない。色々なデータ修復会社に問い合わせたが、復元は不可能だった。僕は生まれて初めて土下座をした。全額返金して、次年度以降の婦人会のコンサートは無償で撮影する、という約束もした。でも結局、翌年には婦人会は僕の会社に撮影を依頼しなかった。

今の会社は、二十一歳のときから続けていたバンドを辞めた僕が、友人の須和田と一緒に商業的に作曲をしようと作った会社だった。CM音楽や映画音楽などの依頼を引き受けるはずだった。だが仕事の依頼は少なく、たまにあったとしても単価が安かった。プレゼン用のイメージ映像を作るために高額のカメラや録音機材、編集機器を買いそろえたというのに、それらは埃をかぶっていた。

須和田の大学の吹奏楽部の後輩が「コンサート撮影用にカメラと録音機材を貸してほしい」と依頼してきたのが発端だった。どのみち使っていない機材だったので、最初は無償で貸し出すだけの話だったが、撮影に割ける人数が足りなかったり、機材を積む車がなかったりして、結局僕と須和田が手伝うことになった。撮り終えた映像を渡してから、今度は「編集も頼めないか」と依頼があり、そこでわずかにお金を支払ってもらった。その映像の評判が良く、「翌年以降もお願いしたい」と言われた。僕たちの評判が周囲の大学などの音楽サークル界隈に広まり、その年の間に四件の撮影依頼が来た。そこに商機があると判断した僕は、畳みかけていた会社のホームページに撮影依頼受付の窓口を設けた。合唱部のコンサートをYouTubeにアップし、その再生数が伸びたのがきっかけで、様々なところから依頼が殺到した。僕たちの会社は今ではコンサート撮影会社になっている。

「仕事ではないんだ」と僕は答えた。「ある曲のことが気になっていてね」

僕は奈緒に、父の残したカセットテープの話をした。すでに楽曲の検索サイトを調べ、該当曲が見つからなかったことも。ラベルにあった「ダイガのために」の部分だけ伏せた。

「聴いてみたい」と奈緒が言った。

「でも、再生する機械がない。さっきネットで購入したけど、届くのは明日だよ」

「車で聴けばいいじゃん」と奈緒が言う。「ついでだから、その辺をドライブしようよ」

奈緒の言うことを聞いて、僕たちは日付が変わるまでカセットテープを再生しながら近所をドライブした。

「すごく良い曲だと思うよ。音楽のことはわかんないけど」

　車を路肩に停め、近くの自販機で買った缶コーヒーを飲みながら、奈緒はそう言った。

「『夕日』っていうのは違うかな。私はどっちかというと『海』のイメージ。風も波もない、静かな海の真ん中に浮かんでる。なんか心が休まるというか、安心するというか」

「ハ長調の曲で、トニックから始まってトニックで終わるからね。意外性のある音も使ってないし、最初から最後まで安定してる」

「そういう理屈っぽいものなのかな？」

「人々を安心させる音と、不安にさせる音があるのは間違いないと思うよ。この曲はほとんどすべて、安心させる音の連続で構成されている。心が休まるって言えば聞こえがいいけれど、別の言い方をすれば退屈ってことだ」

「なんか棘のある言い方だね。もしかして、まだお父さんのことを根に持ってるの？」

　父のことを奈緒にはすべて話している。十二歳でピアノを辞めたこと。大学入学とともに家を出たこと。交換留学先でギターと出会い、バンドを始めたこと。そのバンドを解散して、会社を始めたこと。そして二年前に父が死んだこと。

「そういうわけじゃない。ただ――」

　僕はそこまで口にしてから、その先の言葉を探した。

「ただ？」

「ただ、意外だったんだ。あの父さんが音楽を聴いていたことに。いや、聴いていたかどうかはわからないね。テープを所持していただけだから」

「この曲、オーソドックスなのかな？」と奈緒が言う。「理論のところとかはわかんないけど、私は独創的だと思う」

「どうして？」

「どうしてかな。喚起される感情というか。やっぱり他の曲とは違うと思うよ」

「まあ、そういうこともあり得るのかな」

「ねえ」と奈緒が言う。「大河はもう音楽、作らないの？」

「金にならないからね」と僕は答える。

「そういうことじゃないと思うんだけど」

奈緒はそれ以上何も言わなかったが、僕には彼女の言いたいことがよくわかっていた。

かつて、僕にとって音楽は宇宙だった。だから音楽を辞めた僕は、大学で宇宙科学を専攻した。

でも僕は結局、偉大な天文学者にも偉大な作曲家にもなれなかった。

世界で最も偉大な作曲家とは誰だろうか。バッハか、モーツァルトか、ベートーベンか。ビートルズという考えもあるだろう。僕はそのどの意見にも反対しない。では、世界でもっとも偉大な天文学者とは誰だろうか。おそらくガリレオ・ガリレイかアイザック・ニュートンだと答える人が多いに違いない。だが、二十歳（はたち）のころの僕は、ヨハネス・ケプラーだと思っていた。万有引力の法則よりも、ケプラーの法則の方がずっと美しいと思っていた。

ケプラーは十七世紀に、惑星が太陽を焦点の一つとする楕円軌道上を動いていると発表した。今日（こんにち）では「ケプラーの法則」として知られている。公転周期の二乗が軌道長半径の三乗に比例しているという「ケプラーの第三法則」は高校の物理でも習ったが、ケプラーはこの法則を著作『宇宙の調和』で明らかにした。大学の図書館で『宇宙の調和』を読んだとき、率直に言ってひどく驚いた。そこに書かれていたのは僕の考える「科学」ではなかった。

ケプラーは言う。幾何学図形の法則性が美と調和していること。西洋音楽は数学的であり、惑星とは一種の音楽であるということ。ケプラーによれば、惑星たちは多声音楽（ポリフォニー）を歌っていて、それぞれの惑星の声域は太陽からの距離によって決まっているらしい。たとえば地球はアルトで、火星はテノールだ。

そもそも、「ハーモニー」という言葉は、「組み合わせる」という数学の言葉だった。「リズム」という言葉が数学の言葉として使われていたという経緯も併せて考えれば、ケプラーが惑星をポリフォニーだと考えていたこともよくわかる。ピタゴラスが音階を発見して以来、音楽とは世界の真理と直接的に接続したものだったのだ。音楽とは数学であり、数学とは真理だった。

僕は思い出す。フィリピンから帰ってきた父は、作曲を辞めると言った。理由は一切話さなかったし、母も知らないと言っていた。仕事を辞めた父は一日中家にいるようになった。といっても、父は昼間から酒を飲む類の人物でもなかった。むしろ一切の浪費をせず、常に虚無と向き合っているように見えた。リビングに置かれたピアノの横に座り、ずっと壁を見つめていた。

僕が五歳になった日、父はボロボロになったバイエルの教則本を渡してきた。「俺が五歳のとき、与えられたものだ」と言って。父は五歳の僕に譜面の読み方を教え、鍵盤の役割を説明した。僕は父の手本通りにバイエルの一番を演奏した。ドとレを交互に叩くだけだったが、初めてうまく父の真似ができた僕に、父は一言「違う」と言った。何が違うのかもわからなかった。僕は同じように鍵盤を叩いたが、父はやはり「違う」としか言わなかった。

一年間、僕はバイエルの一番を演奏し続けた。父は「違う」としか口にしなかったし、どこがどう違うのかも教えてくれなかった。一年が経つころには、僕は同じことの繰り返しに涙を流す感情も失っていた。六歳になってから初めて、父は「その音だ」と口にした。不思議なことに、そのとき鍵盤を叩いた感触は今でも指先に残っている。僕は鍵盤を叩くというより、撫でるように押しこんだのだった。「その音だ」と言ったあと、父は「もう一度」とだけ言った。

俺は真理を手にできなかった。お前にそんな思いをさせたくはない。

父はたまにそう口にした。父との練習は、毎日深夜まで及んだ。近所の住民から苦情が来たこともあった。「夜の練習は控えてください」と言われたとき、父は無表情で「そうですか」とだけ答えた。その夜も深夜まで練習した。隣人は何度もチャイムを鳴らしたが、父は「演奏のリズムで鳴らしてくれれば助かるのに」とだけ言って、練習の続行を命じた。日付が変わると、僕にピアノを弾かせたまま、隣に布団を敷いて横になり、父は目を瞑(つむ)ってしまった。もう寝てしまっただろうと思って演奏をやめると、横になったまま「もう一度」と口にした。

子どもの僕に、音楽とは何か、何が優れているか、そんなことがわかるはずもなかった。

父がときおり口にする「真理を手にする」という言葉の意味もわからなかったし、そういうピアニストになろうという情熱もなかった。ただ単に、間違えたときの父が怖かったし、本音を言えば、一刻も早くピアノから逃げだしたかった。ピアノから逃げだすためには、父の「今日はもういい」という言葉を聞かなければならず、その言葉のためには父の考える「正しい音」を出すほかになかった。

どれだけ暑い日であろうと、父は空調をつけることを許さなかった。雑音を遮断するためだった。僕は全身を汗で濡らしながら、朦朧(もうろう)とする意識の中で鍵盤を叩き続けた。一度、僕はピアノを弾きながら脱水症状になり、倒れたことがあった。点滴を終えて母と病院から帰ってくると、父は「遅れたぶんを取り返すぞ」と練習の再開を宣言した。僕は黙ってうなずき、演奏を始めた。そのとき、母が初めて感情を露(あら)わにした。

「狂ってる」

そう言って、母は僕を連れて家を出ようとした。父は「気にするな、続きを弾け」と言った。僕は父が、そして音楽が怖かった。僕は恐怖という重力に囚(とら)われ、ピアノ椅子から立ち上がることができなかった。

「あなたたちは狂ってる」

母はその言葉を発して以来、僕を連れだそうとしなくなったし、常軌を逸した父の教育に口を挟もうともしなくなった。

僕の家で一ヵ月に一度行っているミーティングを終えたあと、須和田に「ダイガのために」の音源を聞かせた。

「ドイツっぽいね」と須和田は口にした。「というか、ドイツで勉強した日本人が作った音楽っぽい」

「どうしてそう思う？」

僕が質問すると、須和田は「明確な根拠はないんだけど」と前置きをした。「暗めで重厚な感じがドイツっぽくて、作り方が律儀すぎるところなんかは、まともな音楽教育を受けた日本人っぽい」

「そういうもんかな？」

「あんまり自信はないけど。まあ、このプロファイリングは君の父親にも当てはまる」

僕が渡した波形データを見ながら、須和田はもう一度曲を再生した。

須和田は僕の知っている限り、もっとも音楽に詳しい男だった。年齢は二つ上で、解散前のバンドではベースを担当していたが、頼めばキーボードもギターも、ドラムもそつなくこなした。本人は嫌がっているが、歌も上手だった。ロックや電子音楽だけでなく、クラシックやジャズの知識も豊富だ。会社を興すとき、「絶対にうまくいく」という根拠のない自信があったのは、須和田が参加してくれると言っていたからだった。須和田さえいれば、かならず会社は大きくなると思っていた。

実際にはそれほど簡単な話ではなかった。初めにいくつかもらった作曲の依頼をこなすなかで、須和田はクライアントと何度も揉めた。一度、「波の音などを使わずに、青をイメージする曲を作ってください」と言われたとき、面と向かって「素人の考えですね」と言った。「そんなことは不可能です。ドビュッシーの『亜麻色の髪の乙女』の具体的にどの音が、どの小節が亜麻色なんですか？　『白鳥の湖』というタイトルを知らずに、白鳥や湖を想像できる人がいると思うんですか？」

須和田のせいで失った仕事も数多かった。偉そうな態度の男だが、実際にその態度を裏打ちする知識があるのだ。須和田とは二十歳のとき、ライブハウスで知り合った。須和田は対バンした別のバンドのキーボードを担当していて、ライブの打ち上げで僕の作曲の癖を指摘してきた。

「高橋くんは変わった曲の作り方をするね」

当時音大生だった須和田の上から目線の言い草に、僕は少し頭にきたのを覚えている。

「どういう意味ですか？」

「テンションでメロディを作って、そのテンションを含む和音で転調するのね。あんまり見ないやり方だけど、どこで覚えたの？」

言われたときは偉そうな男だと思ったが、須和田の見立ては正しかった。実際に僕は無意識のうちに、須和田の言うような方法で作曲をしていたのだった。当時の僕は理論的に曲を作っていたわけではなく、テンションについても意識したことはなかった。安定した進行の中に突然、嵐が訪れる。その嵐が、転調後に晴れわたるイメージでいつも曲を作っていた。須和田は僕の抽象的なイメージを理屈として説明してくれたわけだ。

「あ、この曲、高橋くんの癖と同じだ」

二度目の再生の途中で須和田がつぶやくように言った。僕は「え？」と驚いた。慌てた僕は、コーヒーを零しそうになった。「どういうことか説明して」

「転調して拍子が変わるとこ、同じテンションを次の和音に入れてる。高橋くんよりずっと洗練されてるからわかりにくいけど」

「まるで僕が洗練されてないみたいだね」

「洗練されていればいいってわけじゃないけどね。あと、ストリングスに変わった楽器が含まれてるね」

「やっぱり？　ちょっと違和感はあったんだけど」

「音質が悪いから無理かもしれないけど、波形を分析すれば楽器まで特定できるかもしれない」

「暇なときでいいから、やってみてもらえる？」と駄目元で僕は頼んだ。

意外なことに、須和田はあっさり「いいよ」と答えた。

「珍しいな」

「いやだって、この曲はかなりの傑作だよ」と須和田が言う。「この曲には『ダイガのために』というタイトルらしきものがつけられているし、曲の作り方も君の父親の経歴とマッチする。でも納得がいかないね」

「どの部分が？」

「君の父親の曲は『三日月』しか知らないけど、あれはドビュッシーに似せただけのゴミさ。にもかかわらず、この曲は素晴らしいんだ。正直言って、『三日月』と同じ人が作ったとは思えない。だから僕は、この曲の作曲者は君の父親じゃないと思ってる。誰かが作った曲を、君の父親が録音したんだ。君に聞かせるために」

「そうかな？」

「そう信じたいね。詳しく分析しないとなんとも言えないけど」

「最後にひとつ聞いていい？」

別れ際、僕は須和田にそう言った。

「何？」

「あの曲を聴いて、何を思い浮かべた？」

「宇宙」と須和田は即答した。「宇宙というか、太陽系だね」


ボイジャーは太陽系の外惑星のうち、木星、土星、天王星、冥王星の写真を撮影してから、太陽系外への永遠の旅路についた。ボイジャーが最後に撮影した写真は、「家族写真」と呼ばれている。太陽系全体の姿をおさめた写真だ。

僕の家にあった唯一の家族写真は、十二歳の僕が初めて参加したコンクールで優勝したときのものだ。無表情でピアノの前に立つ僕。不自然に離れた位置で、カメラから少しずれたところを見つめる無愛想な父。僕の後ろで怯えた表情をしている母。誰がどう見ても、コンクールで優勝した家族の写真には見えないだろう。

僕はそのコンクールでバイエルの七十八番を演奏した。発表が終わると、他の誰とも比較できないほどの拍手が会場に鳴り響いた。僕は嬉しかったわけでもなかったし、達成感があったわけでもなかった。ただ単に、ミスなく演奏を終えることができたので、父に怒られることはないだろうという安堵の気持ちでいっぱいだった。そのとき、舞台袖で演奏を聴いていた父が泣いているのが見えた。あの父が泣いているのだ。その瞬間、僕の中で何かが終わった。

その日の夜、コンクールから帰ると、父は珍しく家で酒を飲み、そのまま倒れるように寝てしまった。僕は今しかないと思い、工具箱から取りだした金槌でピアノを破壊した。僕には耐えられなかった。当時の僕にとって、音楽は恐怖と憎悪そのものだった。そうして、僕は父とピアノから逃げた。

結局、須和田は「ダイガのために」がかなりの確率で、僕の父の作った曲だと断定した。「ダイガのために」の転調の特徴は、父の他の曲の多くに見られる、というのが理由だった。

「この曲はやはり君の父親が作った曲だろう。こんな曲を作れる人間が、ゴミみたいな曲を作っていたのは理解できないけどね。高橋くんにとって残念なお知らせは、君の特徴的な作曲技法が完全に父親譲りだったところだね」

須和田はメッセージの最後に「あと」と付け足した。「あのストリングス、マンジアだと思う」

僕は、自分と父のことは一旦棚にあげて、マンジアという楽器についてネットで調べることにした。調べている過程でYouTubeで演奏している動画を見つけ、それを聴いて父のテープにマンジアが使われていることを確信した。

マンジアは東南アジアで使われている民族楽器だ。音色はバイオリンに近いが、ギターのように胸に抱えて演奏する。フレットの代わりに木でできたタンジェントという突っ張りを押さえ、弓を使って演奏する。もともと十六世紀に渡来したスペイン人が持ちこんだ弦楽器が、東南アジアで独自の進化を遂げた形だという。

マンジアの演奏家に、ひとりだけ有名な人がいた。YouTubeに上がっている動画のほとんどは、その人の楽曲を演奏したものだった。

音楽家の名前はボジェク・デルカバオ。「デルカバオ」は本名ではなく、出身地の名前らしい。フィリピンの少数民族であるルテア族の出身で、島を出てからマンジアの弾き手として有名になり、何枚かのレコードやCDも出していた。あまり信頼できそうにないネット記事によると、七年前に病気で亡くなっている。

デルカバオは演奏家としてよりも、研究対象としてよく名前が挙がっている。ある民族音楽研究家は著書にデルカバオのインタビューを載せているそうだ。その抜粋を見つけることができた。

デルカバオはその中で「私は島で一番の弾き手ではありません」と答えていた。「それに、作曲家としては下から数えた方が早いくらいでしょう。それゆえ私は財産を築けず、島を出たのです」

僕は「財産を築けず」という一言が気になった。だから島を出た。妙な表現だと思った。島で作曲家として大成しなかった。だから島を出た。島の外で評価されて今に至った――それならわかる。だが、デルカバオは作曲家として大成できなかったから財産を築けなかった、と述べた。財産を築くためには他の方法もあるはずなのに、彼の口ぶりはまるで「その可能性はない」と言っているように思えた。デルカバオの住んでいた島では、一流の音楽家になる以外に財産を築く方法がないのだろうか。

それに加えて、僕も彼と同じだったというのもある。バンドで儲からず、作曲でも儲からず、つまり「財産を築けず」に、僕は今コンサートを撮影している。デルカバオが島を出たのと同じ理由で、僕は音楽から二度目の逃走をしたわけだ。奈緒はもともと、僕のバンドのファンでもあった。だからこそ彼女は、音楽家としての僕の影を追い続けている。

僕はその日、ルテア族について夜通し調べた。

未開部族というわけでもないのに、ルテア族についてはあまり多くのことがわかっていなかった。ルテア族はフィリピン政府とユネスコによって特定文化保護区グレードCに指定されている少数民族だ。グレードCとは、文化的価値が存在するが、一定の条件下で誰にでも接触可能な部族を示しているらしい。ルテア族はデルカバオという小さな島に住んでいて、数十年間ほとんど変わらず総勢で五百人ほどだという。彼らの文化的特色は、音楽が貨幣であり、財産であり、学問であるという点にある。

ルテア族は島民それぞれが「音楽」を所有している。彼らが所有している「音楽」は、自分で作ったものや、親から譲ってもらったもの、別の「音楽」や、土地や家畜などと交換して手に入れたものだ。彼らにとって「裕福である」というのは、「優れた音楽を所有している」ことと同義だ。どれだけ大きな家を建てても、どれだけの船を持っていても、「裕福である」と見なされることはないし、豊かな生活を送ることもできないという。

ルテア族は、音楽を「貨幣」と「財産」の二つにわけて管理している。「貨幣」としての音楽は、所有している曲をその場で一度限り演奏することによって使用される。演奏は楽器を使うこともあれば、単に口ずさむだけのこともある。普段はこの演奏を対価として、食料や日用品などを取引する。聞き手が演奏に納得すれば、手持ちの品を譲るというわけだ。

「財産」としての音楽は、それを所有する人間のステータスにもなるし、「貨幣」の価値にも関わる。優れた音楽を所有している者は、その曲を演奏することにより、「貨幣」として有利に取引をすることができるからだ。その一方で、あまりにも頻繁に演奏しすぎると「財産」としての価値が下がってしまう。それゆえ、ルテア族の間では、価値の高い音楽ほど滅多に演奏されない、という事態が起こってしまう。ある民族音楽研究家は、ルテア族でもっとも裕福な男が所有している、部族の歴史上で最高の価値を持つ「音楽」は、これまで一度も演奏されたことがない、と述べている。

ルテア族と音楽は、想像以上に深い部分で結びついている。日用品の取引に使われるだけではない。ルテア族は数を音で習う。一からの距離を音程として捉えているのだという。それゆえに、ルテア族は完全四度と完全五度に該当する六と八を縁起のいい数だと考えている。彼らの言語は母音と子音が少ない代わりに音程が複雑で、他言語の話者には音楽のようにも聞こえるという。

ルテア族は古くから「音楽」を生活の中心に置いていたが、スペインの統治時代に西洋音楽の理論が流入し、それによって楽曲の質も変わったという。彼らは月の満ち欠けが十二回繰り返されると一年が経つという事実と、音階が十二個であるという事実は音楽と宇宙の繋がりを証明していると考えており、星々を楽器や歌声と見立てているそうだ。

夜が明けたとき、僕はひとつの確信を得ていた。

僕はデルカバオ島へ行かなければならない。フィリピンへ行った父は、当時デルカバオ島に向かったのではないか。父は「ダイガのために」にマンジアを使っている。そしてマンジアはデルカバオ島でよく演奏されている楽器だ。ルテア族の歴史上で最高の価値を持つ「音楽」とは、「ダイガのために」なのではないか。父はそれを何らかの形で聴いて、テープに残したのではないか。

僕は眠気を振り払った高揚感の中で、そんなことを考えていた。すべてが仮説に過ぎず、思い違いだったとしても構わない。かつて音楽家だった僕の心が、デルカバオ島へ行くことを求めていた。

3　デルカバオ

それから僕が実際にデルカバオへ向かうまで、半年が必要だった。渡航のための要件を調べなければならなかったし、スケジュールも調整しなければならなかった。

各種文献を調べる中で、父がデルカバオへ行ったのではないか、という仮説を裏付ける証拠がいくつか見つかった。三十五年前に発行された音楽雑誌の民族音楽特集で、父はマンジアとボジェク・デルカバオに言及していた。父の残した日記帳にも、マンジア演奏者のことが書いてあった。父は新婚旅行でセブ島に行ったとき、現地のコンサートでマンジアの演奏を聴いたらしい。それ以来、様々な手段でマンジアについて調べ、その過程でボジェク・デルカバオのことを知ったようだ。

到着した日は、ロブに島の中を案内してもらった。案内といっても小さな島で、彼の言葉通り、一時間もすると駐在所まで戻ってきた。子どもたちに何度か口にされた「マーイア、ラーイア」という言葉には、特に意味はないらしい。まだ歌詞の決まっていない曲を口ずさむときに使う、仮の歌詞のようなものだという。子どもたちは島外の人を見ると歌をうたい、何か珍しいものと交換してもらおうと考えるようだ。

夕食は島民が作った大皿料理だった。油で揚げた鶏肉、海老と野菜の炒め物、パプリカのサラダ、酢の物、そしてたっぷりのご飯。食後に僕はラムコークを飲んだ。ロブが差し入れをするらしい。年配の島民は島の外の人間と物々交換以外の手段で取引することを嫌がる傾向にあるようだが、若者を中心に島外のラムコークが流行っているという。

夕食後の駐在所で、僕はキャムニとロブと話をした。僕とロブはラムの瓶がすっかり空になるまで、氷のないぬるいラムコークを飲んだけれど、お酒が苦手だというキャムニは一口飲んだだけで、それきり手をつけなかった。

「この島は大変興味深いのです」とキャムニが言った。「フィリピン政府がこの島を開放して以来、頻繁に滞在者が訪れるようになりましたが、人々は文化的に十九世紀から二十世紀の生活レベルを維持しています。近くにある大きな島との交易はすべて物々交換で、きちんとグレートCが守られています」

僕は駐在所に常駐しているというキャムニのことを警察官か何かだと勝手に思いこんでいたが、どうやら学者らしい。僕は日本で調べてきたルテア族の文化について、キャムニに聞いてみた。

「『財産』と『貨幣』の話はその通りでしょう。ですが、最近では『演奏』の取引価値自体が下がっているようです。島民は多くの場合、物々交換で取引をします」

「音楽が取引の単位になっているのではないのですか？」

「以前はそれが中心だったと聞きます。ですが、あくまでもそれは昔の話です。数字を音で習う、という話に関しては、私の知る限り聞いたことはありません。六と八が縁起のいい数だというのも初耳です」

「そうなのか？」と僕はロブに聞く。

「そういう話を聞いたこともあるね」とロブが答える。「祖母(ばあ)ちゃんとかに」

「この島から音楽が失われつつあるってこと？」

「それは大げさだな。いくら物々交換が主流になったからって、歌の取引がなくなったわけじゃない」

「思うに」とキャムニが言う。「この島に他所(よそ)から滞在者が訪れるようになったのが原因だと思います」

「どうしてですか？」

「他所から来た者は他所の音楽を歌い、島民と取引をします。島民にとって他所の音楽は珍しいものなので、取引の価値が上がります。相対的に、島民が作った曲の価値が下がったというわけです」

「なるほど。残念な話ですね」

「そうですか？」とキャムニがこちらを見る。「大事なのは、この島が他所の文化と調和しながらも、グレードCに認定されるだけの独自の仕組みを守っていることです。だからこそ、この島から出ていこうとする者も少なく、人口が維持されています」

「俺は？」とロブが笑う。

「あなたは例外です」とキャムニが答える。

僕はふと気がつく。キャムニはデルカバオを「音楽の島」と見なしていない。ルテア族についても「独自言語を話し、物々交換で生活する少数民族」としか考えていないのだ。

そのとき、自家発電でついていた灯りが急に消えた。キャムニはランタンを置くと、「先に寝ます」と言って駐在所の奥へ消えた。

僕たちはしばらく黙っていた。島の奥から吹いてきた心地よい風が海へと抜けていき、暗闇に波の音だけが静かに響いている。急に、ロブが歌をうたった。聴いたことのない曲だった。

「君が所有している音楽？」と僕は聞いた。

「いや」とロブは首を振った。「今フィリピンで流行ってる曲さ」

「どうして島を出たの？」と僕は聞く。

「俺の祖父ちゃんはこの島の村長だ。それがどういう意味かわかるか？」

「わからない」

「この島でもっとも価値のある音楽を所有しているってことさ」

「それって、ルテア族の歴史上で最高の価値を持つと言われてる音楽のこと？」

「そこまでは知らないけどな。相当価値があるとされてるのは事実だ。それだけの理由で村長になったわけだからね」

「その音楽を探しに来たんだよ」と僕は言った。

「そうか、それは残念だったな。たぶん無駄足だよ」

「どうして？」

「俺は祖父ちゃんが所有しているという音楽が、実は存在しないと思ってるんだ」

「どういうこと？」

「その曲は一度も演奏されたことがない。一度も演奏されたことがないのに、その価値が信じられているっていうのもおかしな話だ。島のみんなは気にしてないけど、俺は自分の耳で聴いてみない限り、存在しているとは思えないね」

「たしかにその通りだね」

「祖父ちゃんはいい曲をいくつも作った。小さいころから俺は祖父ちゃんの作った曲が好きだった。俺は祖父ちゃんの作った『ダイガ』の演奏を一度でもいいから聴こうと思った。そのためには、自分の手でいい曲を作るしかないと言われた。だから俺は、必死にいろんな曲を作って祖父ちゃんに聴かせた。でも全部ダメだった。どれだけ曲を作っても、『ダイガ』を聴くことはできなかった。だから俺は島を出て、外の音楽を聴いている。いい曲があれば祖父ちゃんに聴かせてるんだけど、まだ『ダイガ』を聴いたことはない」

「『ダイガ』って?」

「祖父ちゃんの作った曲の名前さ。そしてお前の名前だ」

「どういう意味なの?」

ロブは夜空を指して「あれだ」と言った。「『宇宙』って意味だ」

二十数年ぶりに座ったピアノ椅子は思っていたよりもずっと固かった。

デルカバオ島の教会は、窓が少なく日光を遮(さえぎ)っていて薄暗かった。僕は試すように鍵盤を叩いた。父の「違う」という声がどこかから聞こえた気がした。もう一度、違ったやり方で鍵盤を叩く。「その音だ」と父が言う。

僕は今にも逃げだしたくなりそうな気持ちを抑えて、ゆっくりと演奏を始めた。

『ダイガ』は演奏されたことがあるかもしれない」

僕は昨日の夜、ロブにそう言って、父の話をした。父が残した音楽こそが、「ダイガ」だったのかもしれない。ロブは「聴かせてくれ」と言ってきたが、僕はすべての電子機器を預けていたせいで、音源を持っていなかった。

「教会にピアノがある」とロブは言った。「西洋のピアノだ。それでお前が演奏すればいい」

僕は「ダメだ」と首を振った。「僕はピアノが弾けない」

どちらにせよ、「ダイガ」について、そして父について村長に聞いてみる必要があると思った。

そしてこの日、僕はロブと一緒に島の西側にある村長の家へと向かった。

集落の他の家と大きさの変わらない高床式の家だった。外ではロブの母が魚を捌いていた。ロブが僕のことを軽く紹介すると、にっこり微笑んで何かを言った。

「祖父ちゃんは部屋にいるって」

僕たちは木組みの階段を登った。一階には布で仕切られただけの小さな部屋が三つほどあり、そのうちの一つがかつてロブの部屋だったそうだ。

ロブは一番奥にある部屋を仕切っている紫色の布を開けた。ハンモックに腰掛けた老人が、こちらを見ていた。彼が祖父ちゃんだ、とロブが言う。

ロブが何かを話した。少し緊張しているようにも見えた。村長は無表情のまま答えた。何度かやりとりがあってから、ロブは僕に向かって「聴きたいなら演奏しろ、だって」と言った。「お前が最高だと思う曲を演奏しろ。ピアノは弾けるだろ、って」

「ピアノは弾けない」と僕が首を振る。村長が何かを口にする。

「祖父ちゃんは、『嘘をつくな』って。お前がピアニストだってことくらい、見ればわかるってさ」

僕たちは教会に移動した。

僕は自信がなかった。もうずっとピアノには触っていない。

悩んだ末、僕は父の残した「ダイガのために」を弾くことにした。譜面なら頭の中にあったし、それほど難しい曲ではないだろう。問題は、僕にそれを演奏する技術が残っているかどうか、それだけだった。

この数ヵ月で数え切れないほど聴いてきた曲だった。僕は何度かやり直しを繰り返しながら、ようやくリズムをつかんだ。この曲は音楽に対する愛がテーマだ。僕はそう考えていた。主題の部分は可能な限り柔らかく弾き、展開部分はリズムを重視する。

「ダイガ」とは宇宙のことだ。父はこの曲に「宇宙のために」という題をつけた。そして僕は、この曲から明確に「夕日」を思い出す。親子が二人で、何かから帰る道のりだ。もう少し世界が別のやり方で動いていたら、コンクールで優勝した僕は父と手を取り合い、夕日をのぞみながら帰っていたかもしれない。僕はそれからもずっとピアノと向き合い、父のように作曲家になっていたかもしれない。でも実際にはそうならなかった。

僕は鍵盤を叩きながら、息子を「ダイガ」と命名した父の想いを、音楽に対する愛を感じる。

僕は楽しんでいた。ピアノを弾くのがこれほど楽しいことだなんて知らなかった。

転調して拍子が変わるとき、僕は自分の癖を、そして父の癖を思い出した。僕にすべてを賭けた父のことを思い、厳しい訓練の日々を思った。

実際に演奏してみて、自分の指を動かして初めて、この曲の真の価値がわかった気がした。この曲は基礎に従っただけの生真面目な曲というだけではなかった。一人の人間が何年もかけてたどり着いた基礎を、すべて注ぎこんだ曲だった。そこには愛と情熱と、宇宙との調和が存在していた。

演奏が終わると、村長は「ミーヤス、モイーバ」と言った。「それは俺の所有する曲だ」という意味だった。

　それから村長が僕に向かって何かを話した。ロブはそれを聞き、ひどく驚いたようだった。

「『ダイガ』はずっと前に演奏されたことがあった」とロブが言った。「お前が弾いた曲は、以前別の男がこの場所で演奏した曲だった。『ダイガ』を所有するために、取引として差しだされた曲だ。祖父ちゃんは感動した。そして、今お前が演奏した曲の所有権と引き換えに、初めて『ダイガ』を演奏した」

　僕は息をのんだ。

「ダイガのために」は、僕のために作られた曲ではなかった。文字通り「ダイガ」のために作られた曲だったのだ。

　そして、僕は父の思いを感じとった。父が作曲家をしていたのは、家族のためでも、名声のためでもなかった。素晴らしい音楽を聴くために作曲家をしていたのだ。そして、それこそが真理だった。そうして父はすべてを捧げて「ダイガのために」を作ったが、得られたのは「ダイガ」を一度聴く権利だけだった。

　僕は作曲家を辞めた父のことを考える。父は「ダイガ」を聴いて、自分には一生かかっても及ばないと絶望したのだろうか。その無念を僕に託そうとして、バイエルを渡してきたのだろうか。父はまだ子どもだった僕に、「真理」を託したのだろうか。

僕は「もう一度来ます」と言った。「もう一度ここに来て、新しい曲を作って、そして僕の手で弾いて、あなたの『ダイガ』を手に入れます」

「ダイガ」を手に入れて、天国で自慢することが何よりも父への「復讐」になるだろう。そうして僕は、本当の意味で音楽を辞めることができるのだ。

「そのときは俺も同席させてくれ」とロブが言った。「祖父ちゃんの音楽が実在することを証明してほしい」

「もちろん」と僕は答えた。

教会のステンドグラスの向こうには透き通った星空が広がっていた。そこには宇宙があった。火星のテノールと、地球のアルトがあった。僕はその中に、今もなお宇宙のどこかに漂いながら、バッハやモーツァルトをまだ見ぬ誰かのために運んでいるボイジャーの姿を探した。

最後の不良

第二次世界大戦が終わり、日本ではヒッピーが流行し、ＤＣブランドが流行し、コギャルが流行し、パンツの裾が細くなったり太くなったりした。女子の髪やスカートの丈が短くなったり長くなったりし、化粧が厚くなったり薄くなったりし、草食系男子が流行し、ノームコアと電気自動車が流行した。

そして最後に「虚無」が流行した。

二〇一八年に設立された「ＭＬ（ミニマル・ライフスタイル）Ｓ社」は、「流行をやめよう」というテーマのセミナーで会員を増やした。「ＭＬＳチルドレン」と呼ばれるセミナーを受講した会員たちの尽力と、そもそも世界的に機能性やシンプルさを追い求める風潮があったことが合致し、「流行をやめよう」は二〇二〇年代の一大ムーブメントになった。高機能繊維の白やグレーのTシャツにデニムやチノパンを合わせ、腕時計や指輪などの余計な金属は装着せず、燃費のいい電気自動車に乗り、終業後はまっすぐ帰宅する。それがサラリーマンの典型的なスタイルになった。流行を気にすること、オシャレをしようとすること、自己主張をすること――それ自体がダサいという風潮が広がり、人々のライフスタイルは無駄のない、洗練されたものに均一化し、「流行そのもの」が消滅した。

　そのせいもあり、総合カルチャー誌『Eraser（イレイザー）』は二〇二八年四月号をもって休刊した。最終号の特集は「断捨離」だった。

　編集者の桃山（ももやま）は、「家の中にある不要なものの捨て方」「皮下脂肪の捨て方」「余計な人間関係の清算の仕方」「叶わない夢の諦め方」などの各記事をチェックしてから、最後のページにこっそり「すべて捨て終えたら、この雑誌も捨てましょう」と書き加えた。印刷所にデータを入稿し、あらかじめ用意しておいた辞表を栗本（くりもと）編集長の机の上に置くと会社を出た。やることは決まっていた。駅のトイレで髪型を整えて特攻服に着替え、駐車場に停めておいた改造単車――ゴッドスピード号に跨がった。

　ゴッドスピード号は首都高を走っていた。

夜空には雲ひとつなかった。桃山は右手のグリップを目一杯ひねった。フルスロットルだったが、速度メーターは百キロそこそこで安定している。改造をしたせいで、単車は致命的に遅くなってしまっていたのだ。単車の前方に取りつけた、高くせり上がったロケットカウルは約十七パーセント、後方の三段シートは約四パーセント空気抵抗を上昇させていた。六連ホーンを取り付けたせいで重量も増えていた。この日のために着こんだ特攻服の空気抵抗も邪魔をしているだろう。

桃山が改造単車に興味を持ったのは、二〇二五年八月号の「バロックという選択」特集以来だった。ミニマルな生き方などつまらない、もっと無駄の大きな生き方をしよう、というテーマだ。そのころはまだ少しは雑誌も売れていたし、編集部内にはMLS的な価値観を打倒しようという空気があった。

桃山は特集内で、「ヤンキー」のページを担当した。三年前の当時からすでに、ヤンキーは絶滅しかかっていた。桃山は佐賀県の田舎で走り屋をしていたヤンキー集団「覇砂羅（バサラ）団」を取材した。彼らは「自分たちが日本で最後のヤンキーかもしれない」と言っていた。今ではメンバー全員で改造単車に乗り、蛇行運転をしながら六連ホーンを鳴らすのは、初日の出の朝だけだと聞いた。法改正が進み、少しでも他人に迷惑をかけると逮捕されてしまうからだった。

去年の一月に、リーダーから「覇砂羅団は解散した」というメールをもらった。メンバーの離脱や卒業もあったし、佐賀の田舎にまでMLSの思想は伝播していた。リーダーは初日の出にたったひとりで山道を走り抜け、「パラリラ、パラリラ」という音が虚しくこだまするのを聞き、その場で解散を決意したらしい。

桃山は「捨てるなら」という条件で、リーダーから特攻服を譲り受けた。そして今日、その服を着ていた。背中には大きく「覇砂羅団乃暴走神風」と刺繍してあった。

運転制御機能は解除していた。ゴッドスピード号は、ヘッドライトを点滅させて周囲を威嚇しながら、完璧に機械制御されて法定速度で走る電気自動車たちを追い抜いていった。事故が起きないよう、定期的に前方を確認する。余裕があれば、運転席に座った者たちの死んだ魚のような目を見た。彼らはみな、桃山の姿を見るとすぐに目をそらした。いい気分だった。

単車を走らせながら、桃山は『Eraser』で働くことが決まった日を思い出した。大手メーカーに内定が決まっていた秋の日、『Eraser』の「SF特集」を読んで感動した。その場で栗本編集長のツイッターアカウントにダイレクトメッセージを送った。翌週に二人で食事をし、朝まで飲み明かして、その日のうちに就職が決まった。

桃山はカルチャーを愛していた。映画も、小説も、音楽も、ファッションも、アートも、すべて好きだった。どうして自分はカルチャーが好きなのか――桃山は「無駄だから」と考えていた。別にカルチャーがなくなったとしても、飢え死にすることはない。だが確実に、それらの「無駄なもの」が自分たちの生活に彩りを与えていた。少子高齢化の進行は止まらない。日本の経済は衰退しつつあるのかもしれない。しかしそんな世の中でも、多様な文化に触れることで人々は豊かな生活を送ることができる。何かに感動し、ものごとが今までと違った風に見え、ありきたりの日常がかけがえのないものに感じられる。そういった気分になれるのは、カルチャーのおかげだった。

ＭＬＳの流行は、自分たちから無駄を、数値化できない豊かさを奪った。若者が背伸びする機会を奪った。人々の生活から、かけがえのない部分を奪った。雑誌『Eraser』の休刊は、ひとつのきっかけでしかなかった。もし雑誌が続いていたとしても、自分は立ち上がることを決めていただろう。

「そこの車両、止まりなさい」

サイレンとともに、後方から警察の声がした。覆面パトカーがすぐ後ろを走っている。速度違反か、違法改造か、その両方だろう。桃山はゴッドスピード号を右側車線に滑らせ、前方車両とガードレールの間にある小さな隙間に飛びこんだ。車両の間を縫うように進むうちに、サイレンの音が遠くなる。そのまま東関道を進み、再度サイレンが聞こえたころに湾岸習志野で降りた。

かつて人々は、「目立ちたい」と思っていた。目立つために他人と違う服装をして、他人と違う音楽を聴き、他人と違う映画を観た。カルチャー誌やファッション誌は「目立ちたい」と思っている人のために、目立っている人や、最先端の文化を紹介した。読者はそれを模倣したり参考にしたりした。そうやって「流行」が生まれた。

雑誌を見た読者が模倣すると、それまで目立っていたものが目立たなくなった。流行の先端を行く人々は別の何かを探した。そうやって「流行の変化」が生まれた。流行の変化を追い続けることで、ある者は幅広い知識を持った。別の者は流行を追うことの虚しさに気づき、自分にとって本当に重要なものに目を向けた。

認めよう——流行を追いかける行為は、ある意味ではとても虚しい。時間も金も投資するのに、そのお祭りは長く続かない。

しかし、そうやって半ば暴力的に規範となる文化を取り入れることによって、それまで見えていなかったものが見えてくるのだ。なんとなくカッコ良さそうだからという理由で、理解できないフランス映画を観る。賢く見られたいからという理由で、ニーチェやマルクスやピケティを読む。人気だからという理由で、日本画やモダンアートの展覧会へ行く。

そうやって、人々は本来興味のなかったものに興味を持つ。桃山はその「暴力」が自分の仕事だと考えていたし、彼自身の人格もそうやって形成されていた。

車の数は少ない。マフラーから出た轟音が静かな国道に響く。目的地は近い。桃山はスロットルを握りこんだ。だが、海風のせいで単車は思ったように加速しない。

ＭＬＳ社のビルは海浜幕張にある。

国道から幕張新都心に入ると、すでに一画が騒がしくなっていた。車道に単車を停めて徒歩で近づく。はじめに目に入ったのはゆるキャラ軍団だった。着ぐるみ姿の集団が「流行を取り戻せ！」と書かれたプラカードを掲げている。昔見たことのある梨の着ぐるみと熊の着ぐるみが先頭に立ち、とぼけた表情とは真逆の、汚い言葉の混じったメッセージを拡声器から発している。

森ガール、ボディコン、竹の子族、カープ女子などの集団が警察車両の進入を妨害し、中央では数年前に流行ったロックバンドが演奏をしている。桃山は流行の消滅とともに消えていった者たちの人垣を通り抜け、ＭＬＳのビルの正面に立つパンクな格好をした男――柿谷に話しかけた。

「おお、桃山さんも来てくれたんですか」

柿谷が意外そうな顔をする。

「もちろん」

桃山はうなずく。柿谷はかつての同僚だった。同い年だが、中途で入社してきたために敬語を使ってくる。

柿谷は入社三年目、編集長に無理を言ってパンク特集を組んだが部数が伸びず、次の牛丼特集に怒って仕事を辞めてしまった。地元の仙台に帰ってバンド活動をしていたらしいがパッとせず、今はコンビニでアルバイトをしているという噂を聞いた。彼が、今回の抗議集会を企画した首謀者だった。

「久しぶりですね」

柿谷が握手を求めて手を伸ばしてきた。

「そうだな。牛丼特集以来だから、二年ぶりだろうか」

会議で栗本編集長が「次は牛丼で行きます」と口にした瞬間、柿谷は「俺は牛丼の記事を書くためにこの世界に入ったわけじゃない！」と机を叩き、そのまま会社を出ていった。そして二度と帰ってこなかった。「牛丼退社事件」として、今でも編集部で話題にのぼる。

「あのときは若かったんです」

柿谷は恥ずかしそうに笑った。「今となっては編集長の気持ちもよくわかります。俺、牛丼特集号を読んで感心したんですよ。チェーンの牛丼店の中にうまくこだわりの店を配置して、読者がいろんな牛丼に——もっと言えば牛丼の先にある畜産農家や稲作農家にまで興味を持つような構成になっていました。あれは世間に迎合した、単なるファストフード特集じゃなかった。真の意味でカルチャー特集でした」

「全然売れなかったけどな」

びっくりするほど売れなくて、倉庫にどっさりと返本の山ができた。「牛丼特集」、その次の「表計算ソフト特集」、そしてその次の「練り物特集」は暗黒三部作として、編集部の汚点になっていた。雑誌がなかなか売れなくて迷走していた時期だった。

「問題は、売れるとか、売れないとかじゃないんです。読者が新たな情報に触れることが大事なんです」

「辞めたこと、後悔してるのか？」

「そうですね」と柿谷はうなずいた。「そういえば、編集長は元気ですか？」

「どうだろう。もともと在宅勤務は多かったけど、去年休刊が決まってからは定例会議のときしか出社しなくなったよ。原稿にはすぐ目を通して返信してくれるけど」

「一度、編集長に謝りたいですね」

桃山は「今度、機会を作るよ」と答えた。柿谷が意味ありげに微笑んだ。どこか気になったが、聞くほどでもないように思えた。

桃山は長野出身で、ずっと東京に憧れていた。年に一度、友人と一緒に始発の鈍行で東京へ行った。渋谷（しぶや）、原宿（はらじゅく）、表参道（おもてさんどう）、青山（あおやま）をめぐり、小遣いやお年玉を使って服や靴やCDを買った。街ですれ違う女性はみんな美人に見えたし、男性はみんなカッコ良く見えた。一度だけ慣れないナンパをして、「あなた東京の人じゃないでしょ」と笑われた。恥ずかしかったが、やはり自分からは田舎者の臭いが出てしまっているのだと妙に納得した。上京するために必死で勉強をして、東京の私大に入学した。

しかし、いざ東京に住み始めると、渋谷や原宿に行くことはほとんどなくなった。技術の進歩により、服や靴はネットで買えたし、音楽はワンクリックでダウンロードできるようになっていた。ショップ店員にオススメを聞くことも、CDショップで試聴機にかじりつくこともなくなった。すべてがワンクリックだった。

思えば、流行の消滅はその時点で始まっていたのかもしれない。ネットでは、好きなときに好きなものが買える。その代わり、ショップでオシャレな人を見て真似しようと思ったり、興味のなかったジャンルの音楽を試聴してハマったりすることもなかった。自分の好みで品物を選び、ワンクリックで精算する。おすすめリストには、好みに応じた品物がピックアップされる。そこには流行も、洗礼も、暴力も存在しない。ただひたすらストレスのない、便利な世界が待っている。

もちろん「便利になることが悪い」と言っているわけではない。社会にとって、それは意義のあることだろう。桃山だってその便利さを享受している。文句は言えない。

ただ、なんというか、悲しかったのだ。人々が同じ車に乗り、同じ音楽を聴き、同じ格好をすることが悲しかった。他人と同じであることに不満を持たないことが悲しかった。自分と違う人を白い目で見ることが悲しかった。

「――柿谷さん、例のやつですよ」

後ろからやってきたロン毛の男が、柿谷に角材を数本渡した。柿谷が周囲にその角材を配り始めた。桃山もそのうちの一本をもらった。

「なんだ、これ？」

そう聞くと、柿谷は「入り口を叩き壊すんですよ」と答えた。

「壊してどうする？」

「どうするって、とにかく壊すんですよ。壊して壊しまくるんです」

桃山は「はあ」と曖昧（あいまい）にうなずいた。この集会は「RTF（流行を取り戻そうフェスティバル）」と呼ばれていた。

均一化した社会に息苦しさを感じている人々が、歴史から消された「流行」たちの姿を纏（まと）い、均一化の黒幕とも言えるMLSの本社ビル前に集まって抗議デモを行う。

　そして、それだけしか決まっていなかった。

「MLSをぶっ壊せ！　流行を取り戻せ！」

　ビルの前に集まった人々が、シュプレヒコールを繰り返していた。桃山は後ろを振り返った。通りを挟んだビルの前で、テレビ局が中継をしていた。朝の情報番組で司会をしている女子アナウンサーだ。彼女はこの光景を見て、いったい何をレポートするのだろうか。

　桃山にはわからなかった。

「さあ、今だ！　入り口のガラスを破壊しろ！」

　柿谷の掛け声で、男たちが角材をガラスに振り下ろした。端にいた桃山も協力しようとガラスに一歩近づいたが、その瞬間ビルの中でフラッシュがたかれたことに気がついた。

「中から撮られてるぞ！」

　桃山は叫んだ。「気をつけろ！」

　ガラスを割ろうとしていた男たちの手が止まった。

「気にするな！　ぶっ壊せ！」

　手を止めていた男たちに向かって、柿谷がそう指示を出した。

桃山は最前列から離れ、柿谷の隣へ行った。

「おい、このままだと顔まで鮮明に写ってしまうぞ。いいのか？」

「別にいいんですよ。あいつらもそれくらい覚悟してます。桃山さんは余計な口出ししないでください。というか、桃山さん不良の格好してるじゃないすか。不良なんだから悪さをしないと。ガラスの一枚や二枚割らなくて何が不良ですか。あ、もしかしてビビってるんですか？」

「そういうわけじゃない。ただ、ガラスを割る目的がわからないんだ」

「破壊に目的はありませんよ」

男たちは一心不乱に角材でガラスを叩き続けている。ＭＬＳをぶっ壊せ、流行を取り戻せ。シュプレヒコールは止まらない。ひとりの男の角材が折れたが、柿谷がすぐに補充する。別の男が、ついに入り口のガラスにヒビを入れた。ＭＬＳをぶっ壊せ、流行を取り戻せ。ヒビが広がり、大きくなっていく。

そしてついに、ガラスが割れた。

桃山が子どものころに、スケルトンのデザインが流行した。パソコン、時計、電話、カメラ、アイロン……。ありとあらゆる電化製品がスケルトンになった。桃山はスケルトンが嫌いだった。幼いころ、誕生日にもらったゲームボーイはスケルトンだったせいで、ほとんど使わなかった。

どうしてスケルトンが嫌いだったのか、大人になってからその理由がわかった。たとえば人間は誰だって、皮膚の下には臓器や骨や筋肉があり、消化中の食べ物や大便もある。皮膚はそれらを覆い隠している。服は皮膚の延長だ。汚いものを見えなくする。足の短さをごまかし、贅肉を隠す。

それとは逆に、スケルトンは内部の構造、つまり機能そのものを美しさとして見せつけてくる。

デザインとしてのスケルトンの流行は終わっていた。というか、今では流行という概念がほとんど消滅している。

だが、間違いなく、人間はどんどんスケルトンになっている。見栄を張ること、格好つけること、背伸びすること――つまり人格に服を着こむことはみっともないと思われていて、実直に生きること、本音で話すこと、露悪的に振る舞うことが推奨されている。難解な映画を観た若者は理解したふりをしようとせず、どれだけ意味不明だったかを面白おかしく語るようになった。『カラマーゾフの兄弟』や『暗夜行路』を読んでいるという自慢よりも、読んでいないという自虐のほうがずっとウケが良かった。人々は服を脱いで全裸になり、そして透明化している。

　桃山はスケルトンが嫌いだったし、スケルトン的な価値観も嫌いだった。見栄や格好つけや背伸びが、今の自分を作り上げたと信じていた。

「正直に、透明に、シンプルに――そしてミニマルに」

　MLSの本社ビル一階に貼ってあったポスターに、そう書かれていた。隣から現れた厚化粧をした女性が「MLSなんて死んじまえ！」とポスターを乱暴に剝がして丸め、何かを叫びながら放り投げた。

　入り口のガラスが割れたあと、集会に参加していた者たちはこぞってビルの中に殺到した。

　ビルの一階にMLSの職員は誰もいなかった。受付係も、警備員も、さっきまでいたはずのカメラマンもいなかった。

　なだれこんだ集団は、好き勝手に破壊を始めた。エントランスのソファが破られ、中の綿がそこら中に散らばった。ポスターは剝がされ、モニターは割られ、受付の机が角材で殴られた。

「MLSをぶっ壊せ！　流行を取り戻せ！」

　叫び声が響いている。桃山は壁に寄りかかり、それらの光景をぼんやりと眺めていた。

不良の格好をしているというのに、どういうわけか暴徒と化した参加者に混じって破壊活動をする気は起きなかった。柿谷が言っていたように「ビビってる」のだろうか。

そういうわけではない、と思う。

学生時代、背伸びをしてブルデューの本を買った。フランス人の社会学者だ。支配階級は、自分たちが特別であると自己規定するために、生活様式、料理、調度品、芸術にこだわる。被支配階級との間に差異があるという事実によって、自らを正当化するのだ——というようなことがその本には書いてある、とウィキペディアに書いてあった。桃山はブルデューの本を購入したが、難しかったので最初の数十ページを読んだだけで積んでいた。

おそらくファッションもそうだろう。オシャレ支配階級の人々は、被支配階級と差異化をすべく服を選んでいる。音楽も映画も文学もアートも、そういう側面があったはずだ。そこには「差異」という主題があった。人々は、誰でもない誰かになりたかった。

だが、たとえばノームコア——究極の普通——の流行は、差異自体を奪い去った。普通であることが、自然体であることが、機能的であることが魅力的だとされた。

もちろん、流行を作っていたのは「差異」だ。支配階級に加わろうと、非支配階級は彼らの真似をする。真似をされた支配階級は、別のファッションで新たな差異を作る。その繰り返しが、たとえばパンツの太さや眉の太さの流行になった。

そして最後にＭＬＳは差異の価値を奪い、流行を消滅させた。

桃山は騒ぎながらビルを破壊する人々を見つつ、自分があくまでも「差異」を求めているのだと直感した。自分はビビってるのではなく、単に彼らと同じことをしたくないのだ。

桃山は、自分以外にもひとりだけ、破壊活動に加わっていない人物を見つけた。

柿谷だった。非常口のドアに寄りかかった柿谷は、腕を組み、無表情で人々の様子を眺めていた。そして何度かひとりでうなずくと、ドアを開けて非常口の奥へ消えた。

桃山は柿谷を追いかけた。奥には廊下があり、左手には裏口が、右手には別の扉があった。

右手に進んだ。柿谷が裏口から外へ出たとは思わなかった。どうしてそう思わなかったのかはわからなかった。

右手のドアを開けると、エレベーターと業者用の搬入口があった。人はいなかった。エレベーターが最上階の十五階で止まった。桃山はエレベーターを呼んだ。少ししてエレベーターが来た。大きなエレベーターだった。中が鏡ばりだったので、自分の姿がうつっていた。妙な髪型だったし、妙な服装だった。特攻服の裾が床に擦れていた。そういえば、覇砂羅団のリーダーは背の高い人だった。サイズが合っていなかった。オシャレの基本ができていない。

十五階に何があるのか、桃山にはわからなかった。何もないのかもしれない。柿谷は裏口から外へ出たのかもしれない。

エレベーターが十五階で止まり、扉が開いた。薄暗い廊下の先に、非常口を示す緑色の光が見えた。桃山は廊下を進み、非常口の分厚いドアをノックした。反応はなかった。そのとき、ドアの内側から音楽が聞こえることに気がついた。

ジャズだ。ドアに耳を当てる。ジャズだけではない。人々の話し声も聞こえる。かなり大勢いるように思える。もう一度ノックするが、やはり反応はない。桃山はドアを開けた。

「桃山さん、何してるんですか？」

こっちのセリフだ、と言いかけてやめた。あまりにも紋切り型の答えだった。桃山は「見ての通り、不良をしている」と答えた。「そりゃそうっすね」と柿谷が笑った。

MLSの十五階はバーになっていた。小さなステージではジャズの生演奏が行われている。向かいの壁際に十五席ほどの長いカウンターがあり、窓際にはテーブル席が並んでいて、ほとんど満席だった。

桃山は驚いていた。こんなところにバーがあるだけでなく、特攻服を着た自分が、この場所ではまったく浮いていないのだ。バーカウンターの端に座っているのはゴスロリファッションをした女性で、その隣には女装の中年男性がいる。近くのテーブルでは裏原系の三人組が酒を飲んでいて、Bボーイ風の男性は古着っぽい服装の女性と肩を組み、ジャズの演奏に合わせて揺れている。

「本当は、ここ会員以外入れないんですよ」

柿谷がバーの入り口に立っている係員を指さしながら言った。

「会員？」

「MLSの会員ですよ」

「お前、MLSの会員なのか？」

「そういうことですよ。あ、栗本さん！　桃山さんが来てますよ」

柿谷の視線の先に、カジュアルな格好をしたスタイルのいい男が立っていた。調光された間接照明に、左手の腕時計が光っている。普段と違う格好だったので一瞬誰だかわからなかったが、間違いなく編集長の栗本だった。

「なかなかいい格好をしてるじゃないか、桃山」

栗本が笑った。

「編集長もMLSの会員だったんですか？」

そう聞くと、少し戸惑った顔をしてから、栗本は「そうだ」とうなずいた。

「いつから会員なんですか？」

「ずっと前からだよ」

「どうしてですか？　ＭＬＳは敵じゃなかったんですか？」

「なんの話をしている？」

　事情のつかめない栗本に柿谷が説明した。桃山さんは下の集会に参加してたんですよ。それが、どういうわけかこの階の存在に気がついたみたいで。だから別に、桃山さんはＭＬＳの会員ってわけじゃないんです。

「そういうことか」と栗本がうなずく。「いいか、ＭＬＳは敵じゃない。むしろ味方なんだ」

「意味がわかりません」

「『Eraser』は流行を追いかける雑誌だった。だが、俺はずっと流行を追いかけることの虚しさを感じていた。もし人々に文化を愛する気持ちがあるのなら、流行なんて関係ないはずだ。自分の好きなものを、好きなように追い求めればいい。だが人々は流行に踊らされ、本質をつかもうとしない。そうしてインターネットの時代になり、情報の伝播が早くなった。一カ月前に流行っていたものが時代遅れになり、また別の新しいものが流行する。人々は周りと話を合わせるために流行に乗り、ブームが終わるとすべて忘れ去る。その繰り返しだ。虚しいと思わないか？」

「そんなの、全部無視すればいいじゃないですか」と桃山は反論した。「人々が流行をどう消費しようと、自分には関係ありません」

「だが、人々は真似をする。俺が気に入った服装を真似して、俺の聴いている音楽を真似する。好きなものを追求しようとしても、『流行に乗ってますね』などと言われ、他人と一緒くたにされてしまう。そういうのが嫌だったんだ」

くだらない考えですね、と言おうとした桃山を、栗本が制した。

「お前は今『くだらない考えだ』と言おうとしたな。俺にはわかる。その通りだ。とてもくだらない。俺の抱えていた不満は『他人にどう思われるか』、そればかりを気にしているせいで発生している。その通り、くだらないよ。だから、このくだらなさを終わらせようと思ったんだ。ＭＬＳは流行という概念を消す。それによって俺も、そして俺だけじゃなくすべての人間が『他人にどう思われるか』というくだらない悩みから解放され、本当に好きなものを追い求めることができるようになるんだ。たとえばお前は今、不良の格好をしている。不良は学校や世間のルールに縛られたくなくて、髪を染めたり、リーゼントにしたり、バイクを改造したりした。だが、その帰結はどうなった？　不良はみな似たような格好をするようになった。似たような形にバイクを改造した。学校や世間のルールが嫌だったはずなのに、彼らの集団には厳格な掟が生まれた。くだらないと思わないか？ このくだらない循環をなくすために、世界を透明にしたいと思わないか？」

何かが間違っている気がしていたが、反論が思いつかなかった。桃山は反論の代わりに「この場所はいったいなんですか？」と聞いた。「みんな、ＭＬＳとは程遠い格好をしています」

「ＭＬＳの会員は皆、自分の好きなものを、誰にも真似されることなく、純粋に楽しみたいと思っているんだ。ここは会員が自由に、ありのままの姿で社交できる場所だ。世間から流行を消滅させることで、ようやく自己のオリジナリティを追求することができるようになった。これでもう、誰にも真似されない」

「そんな無茶苦茶な……」

ジャズの演奏が終わった。次の曲の準備をしているようだった。ビルの外で、警察のサイレンが大きくなった。外を眺めていた人々から歓声が聞こえた。ゆっくりと窓際まで移動してから、柿谷が「そろそろ終わりますね」と言った。栗本が「よくやった」とうなずいた。

桃山はすべてを悟った。集会はＭＬＳの自作自演だったのだ。テレビ局もカメラマンも、みんなグルだったのだ。柿谷が焚きつけて暴動を起こし、その様子を報道してもらう。

見てください、この悲惨な光景。流行などに踊らされた者たちの仕業です——そう報道されるに違いない。ＲＴＦは、流行を取り戻そうとする者たちがいかに愚かか、世間に知らしめるための集会だったのだ。

「さて、お前はどうする？」

栗本がそう聞いてきた。「ＭＬＳの会員になりたいなら、推薦してやってもいい」

桃山は窓の外を見た。武装した警官が着ぐるみを引き剝がしていた。森ガールが警棒で殴られていた。そして、窓にはうっすらと自分の姿がうつっていた。丈の長い特攻服を着ていた。

「覇砂羅団は解散した」というリーダーの言葉を思い出した。

つまり自分は、人類で最後の不良だった。

桃山は拳に力をこめ、栗本の顎を殴った。

嘘と正典

クック・アンド・ホイートストン式電信機の技師だったサミュエル・ストークスは、暴行事件で逮捕された叔父の裁判を傍聴したとき以来、二十年ぶりにマンチェスター巡回裁判所にやってきた。二十年前と違っていたのは、今回は証人という重要な役割を担っていたことだった。いや、証人というのは単なる肩書きに過ぎない。自分は《正典の守護者》の《アンカー》として、この法廷で最後の重要な仕事をしなければならなかった。

裁判所の中はストークスの記憶と同じ景色だった。入り口には大きくイギリス国旗（ユニオン・ジャック）が掲げられ、紋章の描かれたタペストリーが一際高く設置された壇上の端に垂れている。正面には陪審員たちが座り、左手には白い羽織を着た判事が見えた。被告人が着く席は入り口から見て右側で、部屋のちょうど中心に証言台が置かれている。その周りをぐるりと取り巻くように傍聴人用の椅子が配置されていた。

羽根つき帽子を被った法廷弁護士の男が、中央にある両開きのドアの横に立っていた。しばらくすると男が大げさな所作でドアを開け、ようやく被告人が入ってきた。獄衣を着た被告人が席に座ると、判事が名前を確認した。

「君はフリードリヒ・エンゲルスで間違いないね」

エンゲルスが「そうです」と返事をすると、判事がゆっくりとうなずいた。窓から差しこんだ光で判事の羽織が輝いた。

「一八四四年一月九日午前十時三十分。これより、ワディントン工場襲撃に関するマンチェスター特別巡回裁判を始める」

はじめに上等なフェルト製の帽子を被った検察官が前に出て、簡単な自己紹介を始めた。ロンドンで十二年事務弁護士を務め、工場襲撃関連の裁判はこれが二回目だと言った。

「陪審員のみなさんの中には、『エンゲルス』という名前を聞いて、ある工場を思い浮かべた人もいると思います。そうです。このドイツ人の若者フリードリヒ・エンゲルスは、エルメン・アンド・エンゲルス紡績工場の経営者であるフリードリヒ・エンゲルス・シニアのご子息であります」

検察官は場慣れしているようで、自信に満ち溢れた口調で自らの主張を話した。「彼はエルメン・アンド・エンゲルス紡績工場の跡取りでありながら――」

そこまで言ってから、陪審員の席を見渡した。

「――騒ぐことと不平を言うことだけが取り柄のアイルランド人たちに加担し、ワディントン工場の襲撃、そしてその後の暴動に参加した疑いがかけられています」

陪審員の間から乾いた笑いが起こった。ストークスはこの検察官のことがどうも好きになれなかった。

「私はこの法廷で、ヨーロッパに存在する凶悪な人間が、アイルランド人とナポレオン・ボナパルトだけでないことを証明したいと思っております。すでに十数人のアイルランド人たちがこの巡回裁判で有罪を宣告されていますが、ドイツ人である被告人の犯した罪は、ただ暴れるだけだった他のアイルランド人よりもずっと悪質なものであるのです。なぜなら彼は、暴動に紛れて商売敵（がたき）の工場を破壊することで、相対的にエンゲルス工場の価値を上げようとしたからであります」

一呼吸置いて帽子を取ると、検察官は陪審員に軽く頭を下げた。

「それでは、私から陪審員の方々に、事件についてご説明しましょう――」

検察官は事件の経過を淀みなく話した。アイルランド人を中心としたワディントン工場の労働者たちは、賃上げの要求が通らないことを知ると、共謀して工場を襲撃しようと決めた。機械を打ち壊し、経営者であるワディントン卿を襲い、抵抗した他の労働者を攻撃した。この暴動で、ワディントン卿を守ろうとしたロバート・ヤングという若い労働者が命を落とした。これまでの裁判で、襲撃に加担したアイルランド人労働者十二人が有罪判決を受けており、十六人が現在も裁判中である。有罪を宣告された労働者のうち、襲撃の首謀者には死刑が、他の十一人には流刑が言いわたされた。

そして、すでに有罪判決を受けたアイルランド人たちの何人かが、当日の襲撃にエンゲルスが加わっていたと証言していた。

検察官は、長い台詞(せりふ)を喋り終えると、綺麗に磨き上げられた革靴を鳴らしてから証人席に目をやった。

「さて、ここで最初の検察側証人をお呼びしたいと思います。リチャード・ジェーン氏、どうぞ」

ストークスの死角からひどく小柄で不潔な男が立ち上がり、証言台へ向かった。

「リチャード・ジェーンだ」

ジェーンは禿げ上がった頭を掻いた。

「工場襲撃があった日に何を見たのか、教えていただけないでしょうか」

「おれはオードサルの工場で働いてるんだが、家は川向かいのところにあってよ。ぼろっちいアパートなんだが、隣にメアリーってアイルランド女が住んでるんだ。この女がうるさくて頭に来ててな、毎晩なんだかよくわかんねえことを喚いててよ。もうずっとまともに眠れてねえんだ」

「ジェーンさん、私が聞きたいのは工場襲撃の話です。襲撃があった日に何を見たのか、教えてください」

検察官は「打ち合わせ通りにしろ」と言いたげに、眉間に皺を寄せながら言った。

「そうだったな。その日は疲れてて早めに寝たんだ。襲われた工場はアパートから離れたもんで、襲撃については何も知らなかった。十二時ごろだな。メアリーが大声で怒鳴ってて目が覚めたんだ。男も一緒だったな。喧嘩してるっていうよりは、男がメアリーをなだめてる感じだった」

「その男について、何か知っていることはありますか？」

「物好きな坊ちゃんだよ。上品な格好でこの辺をうろついて、アイルランド人たちと仲良くしてる男だ。ここいらでは有名だよ。メアリーの部屋にいつも来てたな。そいつがいたんだ。あまりにもうるせえから文句でもつけようかと思ったけどな、結局は眠っちまったんだ」

「ありがとうございました」と検察官が証人を席に戻した。「エンゲルスはアイルランド人の集団と親密な関係にあり、彼らの溜まり場で何度も目撃されていました。そして、事件当日の夜、愛人であるアイルランド人女性メアリー・バーンズと一緒にいたのです。私はこの情報に、メアリー・バーンズが襲撃に加担した罪で現在も裁判中であることを付け加えましょう。さて、被告人は何か反論がありますか？」

検察官がエンゲルスに視線を向けた。よほど自信があるのか、検察官の顔には余裕を示す笑みが浮かんでいた。

エンゲルスは虚空をじっと見つめたまま、しばらく何かを考えていた。疲れているのか目の下にクマができていたが、ストークスには落ち着いた表情に見えた。法廷を満たした静寂に、誰かが唾を飲みこむ音が響いた。

「反論は二点あります」とエンゲルスは答え、検察官を見すえた。「一点目。ヨーロッパに存在するもっとも凶悪な人間は、アイルランド人などではなく、労働者から不当に搾取をする資本家だということです。そして二点目。メアリーは襲撃に加わっていないばかりか、ワディントン工場への襲撃を最後まで反対していました。ワディントン卿は労働者を顧(かえり)みない悪質な資本家でしたが、工場を襲撃すれば自分たちの首が絞まるだけだと考えていたからです」

「ワディントン卿に対する恨みを認めるのですか？」

すかさず検察官がそう質問した。

「ええ」とエンゲルスはうなずいた。「ワディントン工場の労働環境は最低でした。たったの週五シリングで、朝の六時から夜の十時まで、休みなく労働者たちを働かせていました。私は襲撃に参加した労働者たちに同情します。彼らは単に、自分たちの声を聞いてほしかったのです」

「陪審員の皆さま――」

検察官は胸を張った。「――被告人の今の証言で、最後のピースである『動機』の部分が埋まったことを決して忘れないでください」

ストークスが陪審員たちの表情を見た限りでは、エンゲルスが劣勢なのは明らかだった。それに、彼は弁明する気もなさそうだった。

裁判が始まってからずっと険しい顔をしていたエンゲルスの法廷弁護士が、ストークスをちらりと見た。そろそろ出番だ、という合図だった。

ストークスはうなずいた。

四年前から準備はできていた。《アンカー》として《正典》を守るために、そして世界の《計算量》を減らすための準備だ。あの日、《正典の守護者》の《中継者》からメッセージを受け取って以来、落穂拾いのような地味な任務を繰り返してきた。今日の裁判で証言をする任務はその締めくくりだった。この日をもって、六百年にわたって活動してきた《正典の守護者》が、ついに《歴史戦争》を終結させるのだ。

ＣＩＡモスクワ支局の活動停止が決まったとき、工作担当員（ケースワーカー）のジェイコブ・ホワイトはグルジアのトビリシにいた。モスクワを出てベルリンに着いたのは水曜日だった。翌週の月曜日にベルリンからモスクワへ帰る便を予約していたが、そのチケットはＫＧＢ（カーゲーベー）から時間を稼ぐためだけに買ったものだった。ホワイトはベルリンに着くとすぐイスタンブールへ飛び、そこからトビリシへと向かった。そこで出張中のＧＲＵ局長アレクセイ・コロボフから、ソビエト空軍のＬＤＳＤレーダーに関する書類を受け取る予定だった。ホワイトの鞄（かばん）の底には、コロボフに渡すために用意した十万ルーブルの札束とトロペルと呼ばれる小型カメラに加え、コロボフが希望したソルジェニーツィンの著作が入っていた。

コロボフと会う日の朝、トビリシのホテルに連絡が入った。「ニコライが熱を出した」というものだ。「ニコライ」はＣＩＡのターナー長官を意味し、「熱を出した」は全ミッションの即時中止命令を意味した。ついにターナーはモスクワ支局の活動停止を決定したのだ。当然、コロボフのミッションも中止だった。コロボフと約束していた十九時、ホワイトはホテル近くのパブに向かい、一人で酒を飲んだ。

ターナーが以前よりモスクワ支局の活動を停止したがっていたことは知っていた。一つ目の要因はウォーターゲート事件で、二つ目の要因はベトナム戦争だ。この二つから、政府はＣＩＡの活動規模を縮小しなければならなくなった。

決定打は、先日モスクワのアメリカ大使館で起こった火災だった。アメリカ大使館のビルにはＣＩＡモスクワ支局のオフィスも入っていた。火の手が上がると、地元の消防員がアメリカ大使館に殺到した。職員たちは避難勧告を受けたが、キャンベル支局長は煙の中、最後までオフィスに残った。消防員に扮したＫＧＢの職員が、どさくさに紛れてオフィスから書類を盗むに違いないと確信していたからだった。支局長はオフィスの入り口に立ち、中に入ろうとする消防員に化けたＫＧＢを見張り続けていた。無事に火は消し止められ、懸念していた書類も守られたが、ＫＧＢがマイクロ波で遠隔火災を引き起こしたという噂を聞いた上層部が激しく狼狽した。「ソビエトの技術力は我々の想定を凌駕している可能性がある。その全貌が見え、安全が確保されるまでは活動を控えるべきである」という意見が出た。そうして、モスクワ支局の活動停止が決まったのだった。

その日の酒ほど不味いものはなかった。もっとも辛いのはコロボフを裏切った形になってしまったことだ。彼は今ごろ、約束の書類を片手にこちらが指定したホテルを訪れ、誰もいないことに驚き落胆しているだろう。ＧＲＵの局長が命を賭けて政府の機密書類を持ち出し、その書類は目と鼻の先にあるというのに、こちらにできることは何もなかった。即時中止命令は、コロボフにミッションの中止を伝えることすらできないことを意味した。

夜も更け、ウイスキーのボトルが空になるころ、カウンターの隣から「子どもってどうやってできるか知ってますか？」と英語で聞かれた。金髪を肩まで伸ばした若い男がこちらを向いて微笑んでいた。店の客は自分とその男だけだった。

「男女がセックスをして、精子と卵子が結合して受精するんだ。アメリカでは三歳で習う事実だよ、童貞くん」

ホワイトはそう答えた。

若者は「やっぱりアメリカ人でしたか」と言った。「なんとなくそうじゃないかと思ったんです」

「君はドイツから来ているね」とホワイトはドイツ語で返した。

「すごい、どうしてわかるんですか？」と若者は英語で言った。

「それだけじゃない。君の両親のどちらかはアメリカ人だね。恐らくは父だ。君の父は貿易関係の仕事をしている。裕福な家庭で……君は学生だ。奨学金を得ずに留学している。モスクワのルムンバ大学の学生だろう」

「どうしてそこまでわかるんですか？」

若者は新しいウイスキーのボトルを注文し、ホワイトのグラスに注いだ。

「仕事柄、それくらいはわかる」

種明かしをすれば簡単な話だ。先ほど男が別の客に、モスクワの留学生だと話していたのを聞いたのだった。ホワイトは別段この男に注目していたわけではなく、パブの中のすべての会話を聞いていた。ソビエト当局を欺いてトビリシまで来たとはいえ、KGBに監視されている可能性がゼロではなかったからだ。

彼の発する英語には微かにドイツ語の訛りがあったが、それにしては流暢だった。ドイツに住んでいるアメリカ出身者か、アメリカに住んでいるドイツ出身者のどちらかだが、アメリカに住んでいる者はモスクワに留学できない。そして、モスクワで共産圏以外の学生を受け入れているのはルムンバ大学だけだ。その他は当てずっぽうだったが、ドイツに住んでいるアメリカ出身者の多くは外交官か貿易商だ。

「クラインです。あなたには自己紹介することがあまりなさそうですが」

意外なことに、クラインと名乗った若者はホワイトが彼の身元を言い当てた理由を聞こうとはしなかった。

「ホワイトだ。モスクワのアメリカ大使館で駐在武官をしている」

駐在武官の肩書きは事実だった。モスクワ支局員の多くは、そういった仮の肩書きを持っていた。

「トビリシは仕事ですか?」

「まあ、そうだ」とホワイトはうなずいた。「だが、色々あって先ほどすべて無駄になった。今は落胆して酒を飲んでいるってわけだ。ところで、君はどんな用でここに？」

「ルムンバ大学の簿記実習で、先週からトビリシの町工場にいるんです。専門とかけ離れているので、毎日退屈しています」

「何を専門にしてるんだ？」

　クラインは「うーん」と悩んだ。「説明が少し難しいんです。多少大げさに言うなら『共産主義の起源』ですかね」

「実に興味深いテーマだね」とホワイトは言った。「詳しく聞かせてくれ」

「そうですね」とクラインは腕を組んだ。「ニュートンって知ってますか？」

「知らないね。アメリカでは万有引力について習わないんだ」

「知ってるじゃないですか」とクラインは笑った。

「それで、ニュートンがどうした？」

「たとえば……そうですね、仮にニュートンがこの世に存在していなかったら、万有引力は発見されなかったと思いますか？」

　ホワイトは少し考えてから「そうは思わない」と首を振った。

「どうしてですか？」

「万有引力の発見にはストーリーがあるからだ。すでにケプラーが楕円軌道の法則や、公転周期と軌道長半径の関係を発見していた。当時の科学者はその原因を探ろうと必死になっていた。ニュートンは偶然最後のピースになっただけだ。彼がいなくても、万有引力が発見されるのは時間の問題だった」

「アメリカではそんなことを習うんですか？」とクラインが驚いた。

「もちろんだ」とホワイトは答えた。

「あなたの言う通りで、ニュートンがいなくても万有引力は発見されたんです。では同様に、ディケンズがこの世に存在していなかったら、『オリバー・ツイスト』は書かれたと思いますか？」

「書かれなかったんだろうね。『オリバー・ツイスト』の誕生に歴史的必然性はない」

「そうなんです。そこが重要なところでして。僕が言いたいのは、歴史上の成果は二つの種類に分けることができるということなんです。ある特定の人物がいなくても存在したものと、ある特定の人物がいなければ存在し得なかったものの二つに」

「その理論は、君の研究とどう関係している？」

「同じ問いを、共産主義に当てはめてみましょう。現在の共産主義思想は、マルクスとエンゲルスが共同で書いた『共産党宣言』が元となっています。マルクスとエンゲルスのどちらかがいなかったとして、共産主義は存在していたでしょうか？」

「非常に難しい問いだね」とホワイトは答えた。「君はどう考えている？ 共産主義は万有引力なのか、それとも『オリバー・ツイスト』なのか」

「『オリバー・ツイスト』だと思っています。それも、『オリバー・ツイスト』よりもはるかに高度な歴史的偶然です。もちろん、共産主義という言葉自体はマルクスやエンゲルスと関係なく存在していましたが、いわゆる『共産主義』、つまりソビエトが採用したマルクス主義的な共産主義は、二人が出会わなければ誕生しませんでした。ヘーゲルの系譜を継いで極端な無神論者だったマルクスと、産業革命後のイギリスでチャーティスト運動に触れ、労働者の階級問題に深い関心を持っていたエンゲルス。この二人が偶然出会ったことによって誕生した思想だと思っています」

「つまり、マルクスという精子とエンゲルスという卵子が受精しなければ、共産主義は生まれなかったということか。そういう話なら、アメリカ人は得意だ」

「うまいこと言いますね」とクラインは笑った。「その通りですよ。マルクスが思想を、エンゲルスが経済を担ったというわけです」

「なるほど」

「僕は今、マルクスと出会う前のエンゲルス——つまり受精前の卵子の研究をしているというわけです。最近、イングランドで働いていた時代のエンゲルスに関して、興味深い資料が見つかりましてね」

ホワイトは予定より一日早く、トビリシから戻ってきた。モスクワ支局は活動停止になったが、もちろんＫＧＢはそんなことを知らなかったし、自分に対する監視も続いていた。通勤中も今まで通りＫＧＢの誰かが自分のことを見張っていた。彼ら一人一人の肩を叩いて「その必要はないんだ」と教えてあげたい気持ちだった。ＣＩＡはモスクワでの活動を停止している、と。

アメリカ大使館のエレベーターを待ちながら、駐在武官としてモスクワのアメリカ大使館に初めて出勤した日のことを思い出した。新居となったスターリン時代の高層マンションから降りて、停留所で路面電車を待っていると、向かい側に黒いジグリが停まっていた。ジグリの車内から若い男がこちらを見ていて、目が合うとすぐに視線を逸らした。これまでの経験から「監視されている」と感じたが、どうも腑に落ちなかった。自分はまだ工作担当員としての仕事をしていないどころか、出勤すらしていなかったのだ。

キャンベル支局長は「当たり前だ」と言った。「君はこれから毎日、ＫＧＢから監視される。君の自宅には盗聴器が仕掛けてあるし、ソビエト国内のどこへ行っても常に監視されている」

本国のブリーフィングでソビエトが他の国と違うということはよく聞いていたが、これほどまでだとは思っていなかった。「私が工作担当員だということを、ＫＧＢはもう把握しているのですか？」

「わからない」と支局長は答えた。「君が工作担当員だろうが駐在武官だろうが関係ない。どちらにせよ、ＫＧＢはおそらくモスクワの全アメリカ人を監視している」

その日以来、モスクワにいるときは自宅でさえ本音を口にしたことはない。妻との重要な話は筆談ですませ、会話が終わるとその紙を燃やした。そうして二年過ごしてきたが、そのことが辛いとは感じなかった。ＣＩＡに入った瞬間から、共産主義との戦いに生涯を費やすと決めていた。

ホワイトの祖父はロシア帝政時代にモスクワ貴族だったが、一九二〇年にボリシェビキに殺された。祖母と母はコンスタンチノープルを経由してニューヨークに逃れ、その後ボストンへと移った。高校を卒業してすぐ母は工場で働き始め、真珠湾（パールハーバー）が攻撃される一週間前に職場で出会ったアメリカ人と結婚し、アメリカが日本やナチスドイツと戦っている間にジェイコブ・ホワイトが誕生した。母は祖国の話を一切しなかったが、ソビエトの話題になるといつも悲しそうな顔をした。ソビエトは彼女の幸福な幼少期を奪ったのだった。

貧しい家庭だったが、ホワイトは郵便配達の仕事で家計を助けながら、奨学金を得てボストン大学へ進学し、ロシア語を学んだ。ベトナム戦争に従軍してからＣＩＡに入局した。ブリュッセルとプラハでの勤務を経て、ようやく念願だったソビエト部に異動することができた。

エレベーターがやってきた。技術工作員が二人乗っていて、ホワイトと入れ違いに外へ出ていった。

九階でエレベーターを降り、警備をしている海兵隊員に会釈をしてから、内階段で七階まで降りる。政治部が入居するオフィスの反対側に、金属製の分厚いドアがある。南京錠を開けて短い廊下を進み、奥でレバーを引く。分厚い金属に覆われた、窓のない部屋への入り口が開く。

「《デカングル》の件はすまなかった」

手狭なオフィスに入ると、様々なピンの刺された大きなモスクワの地図の前に立っていたキャンベル支局長がそう声をかけてきた。《デカングル》はコロボフにつけられたコードネームだった。

「どういうことなんですか？」

　ホワイトは聞いた。部屋の奥で年配の工作担当員が、アメリカのソビエト部から届いた電信を整理しているのが見えた。

「どうもこうもない。ターナーが活動停止を決めた。再開の基準は『安全性が確保されるまで』だそうだ」

「これまでに安全だったことがありますか？」

「俺もそう言ったさ。でもあいつの答えは変わらなかった」

「ソ連のＬＤＳＤレーダー技術がどこまで進んでいるかわかれば、アメリカの新型戦闘機の開発期間が三年は縮まりました。あの書類を手に入れるために、私は一年以上計画を練ったんです」

「そんなことは俺もよく知っているさ。でも、上が決めたことだ」

　ホワイトはそれ以上追及するのをやめた。活動停止になって、誰よりも悔しい思いをしているのは支局長だろう。彼は火事の中、ＫＧＢから書類を守るため、最後までオフィスに残り続けた男だった。

　しばらく無言だった。ホワイトは鍵付きの棚を開け、コロボフ関係の書類を整理してから「ミッション中断」の印を押し、再び棚にしまった。

他にすることもなく、机でぼんやりしていると、支局長が「これを見ろ」と言って一通の手紙を差しだしてきた。

「なんですか、これ？」

「昨日、ボリショイ劇場の前で停車していたとき、窓の外から投げ入れられた手紙だ」

ホワイトは手紙を開いた。丁寧で几帳面な文字が隙間なく埋まっていた。冒頭には「私はあなたがたにとってきわめて重要な機密情報にアクセスできる立場にあります」と書かれていた。「私の持つ情報に興味があれば、来週の木曜日までに動物園通りのバス停留所の壁に赤い円を描いてください」

手紙の主は身元を明かしていなかったが、末尾にモスクワ電子電波研究所の郵便受取番号であるC943番と、総務部の電話番号を記していた。

「どう思う？」と支局長が聞いてきた。

「渡してきたのは、どのような人物でしたか？」

「コートを着た男だ。背はそれほど高くない。手際よく封筒を投げ入れて、そのままどこかに消えてしまったので顔はわからない」

「五十パーセントだと思います」

五十パーセントというのは、この手紙の主が自分たちに協力しようとしている確率だった。ソビエトでの諜報が他の国と大きく違うのは、こちら側からエージェントをスカウトすることができないということだった。こちらから声をかければ、そのエージェントはKGBと内通して偽の情報を流し、その上で多額の報酬を要求してくる。それゆえに、ソビエトでは協力者が自ら名乗り出てくれるのを待たなければならなかった。だが、その協力者の多くも、KGBが用意した罠だった。

「どの点が怪しい？」と支局長が聞いてきた。

「男はアメリカに協力しようと考えた。そのために、アメリカ人に手紙を渡すことを考えた。手紙が誰の手に渡るかわからないので、慎重に話を進めようとしている。そこまではいいんです。ただ、アメリカ人に手紙を渡すとして、よりによってCIAの支局長に直接渡せるものでしょうか？」

「そこなんだ」と支局長は答えた。「それに、車の外からどうして俺がアメリカ人だとわかったんだろうか」

「逆に、KGBの罠にしては杜撰な気もしますが」

「それもそうだな」

「まあ、間違いなく言えることが二つあります。もしこの男が本当にモスクワ電子電波研究所に勤務していて、かつ機密情報にアクセスできるなら、《デカングル》の十倍以上の価値を持っていることと、しかしながら私たちは活動停止中であるということです」

モスクワ支局はその手紙の主に《エメラルド》というコードネームをつけ、新たな棚を作って保管することにしたが、ミッションが開始できる見こみはほとんど存在しなかった。


大使館職員が《エメラルド》から二通目の手紙を受け取ったのは、一通目から二カ月が経ったころだった。職員の話によると、やはりボリショイ劇場の前で車の窓から手紙を投げ入れられたらしい。前回と同じ手口だった。

手紙は「残念でした」という言葉で始まっていた。「前回の手紙をお渡ししてから、私は毎日動物園通りのバス停を確認しましたが、赤い丸を見つけることができませんでした。それからずっと、どうして興味を持っていただけなかったのか考えてきました。私の予想は以下の四つです。一、私のことをKGBが用意した罠だと考えた。二、手紙が届くべき人のところにきちんと届かなかった。三、私の持つ情報に興味がなかった。四、一度無視することによって私がどれだけ本気か試している。

私はこれら四つの可能性を一つずつクリアしていくことで、あなたがたの信頼を得ようと考えました。

　まず一つ目ですが、率直に言ってこれについて私にできることはあまりありません。ただ間違いなく言えることは、私の目的はソビエト現体制の変革であり、私から金銭を要求することはない、ということです。

　二つ目ですが、この封筒に前回の手紙を引き写したものを加えました。今回の手紙が正しく届くことを祈るばかりです。

　三つ目ですが、私はヴィクトル・ベレンコのことを知っています。彼はソ連空軍基地からMiG－25迎撃機の訓練飛行中に脱走し、そのまま亡命しました。アメリカ政府がMiG－25を分解し、ソビエトの航空技術について数多くのことを知った、という話も耳にしています。たとえば私は、ベレンコが亡命したあとに出されたMiG－25の設計変更命令や、新型迎撃機の具体的な設計図にもアクセスできます。それだけではなく、開発が検討されている垂直離陸飛行機や、LDSDレーダー、陸海空軍の五カ年計画の概要、新型電子兵器などの情報にもアクセス可能です。これで私の持つ情報の重要さがわかっていただけたと思います。

　四つ目に関しては、この手紙が私の熱意を示しているはずです」

《エメラルド》は再度バス停への赤い丸を要求していた。

手紙を読み終えてから、ホワイトは「はっきりしたことがあります」と言った。「《エメラルド》が一通目の手紙を支局長に渡したのは偶然だったということです。おそらく彼は、車のナンバーからアメリカ大使館の車両を識別していたのでしょう」

「なるほど。だから今回は大使館職員の手に渡ったのか」

「今回の手紙で、《エメラルド》が本物である確率は八十パーセントに上がったと思います。加えて、彼は非常に貴重な情報にアクセスできる立場にあります」

「たとえ罠だったとしても、飛びこみたいところだな」と支局長が言った。「ＰＮＧ（ペルソナ・ノン・グラータ）のリスクをおかすだけの価値がある」

ＰＮＧとは「好ましからざる人物」を意味する外交用語だった。ソビエト国内でスパイ活動が発覚すると、関わったアメリカ人はＫＧＢ本部（ルビャンカ）でＰＮＧを宣告され、国外退去処分が下される。その一方で、ソビエト人のエージェントは拷問ののちに銃殺された。

「彼がアクセスできると主張するすべての情報が、合衆国の今後十年の軍事計画に影響を及ぼします。『新型電子兵器』というのも気になります。大使館の火災を引き起こすのに使われたのかもしれません。彼が心変わりする前に、連絡を取っておくべきだと思います」

「同感だな」

「問題は、私たちが活動できないということです」

二カ月前に出された活動停止命令はまだ解かれていなかった。

「ターナーに相談する」と支局長は言った。「彼が活動停止を解くつもりがなかったとしても、この件は例外だ。《エメラルド》と連絡を取らなければ合衆国は永久に後悔することになるだろう」

支局長は息巻いていたが、結果としてターナーの許可は下りなかった。本部からの電信にはこのミッションの懸念点が書き連ねてあった。《エメラルド》がこちらの気を引くために、本来アクセス不可能な情報までアクセスできると主張している可能性。《エメラルド》の情報が本物だったとしても、必要がない可能性。そしてお決まりの、《エメラルド》の存在がソビエトの大いなる「基本計画（マスター・プラン）」の一部であるという可能性だ。彼の役割は偽の情報を流して、合衆国の軍事計画を狂わすことかもしれない、と本部は主張していた。

様々な可能性を踏まえたターナーの指示は「現状維持」だった。

「現状維持とはなんだ」と支局長は怒鳴った。「要は、何もするなということじゃないか」

「また『基本計画』ですか」とホワイトはため息をついた。

「魔法の言葉だな。キューバで失敗したのも、ベトナムで失敗したのも、全部『基本計画』だ」

「モスクワに異動してきてから街中を探し回りましたが、そんなものは一切見つかりませんでした」

「答えは簡単だ。『基本計画』など存在しないのだよ」

支局長はそう言った。

ターナーは――ターナーだけでなく、CIAの上層部のほとんどは――KGBのことを過大に評価していた。「過大に評価」という言葉はかなり穏便な表現だ。率直に言って、上層部は誇大妄想に取り憑かれている。

創設以来、CIAは常に後手に回ってきた。例外的にうまくいった一部の作戦を除き、ほとんどが失敗に終わった。朝鮮で、キューバで、ベトナムで、CIAは失敗を繰り返した。CIAによる軍備や技術の推定はことごとく外れた。CIAが手にすることのできた（ごくわずかな）正しく価値のある情報は、作戦を通じて自らの手で摑みとったものではなく、対立国を裏切った軍人や民間人によってもたらされたものだった。

ホワイトはこれら「失敗の連続」が上層部に病を引き起こしたのではないかと考えていた。立案した作戦がことごとく失敗し、価値のある情報は座して待つだけで手に入れられるなら、CIAという存在そのものが必要なくなってしまう。それだと困るので、CIA

はソ連の「基本計画」という幻想を作り上げた。ＫＧＢは情報戦略で合衆国のはるか先を行っている。彼らは壮大な計画を実行するために偽のエージェントを送りこみ、偽の情報を流布させ、合衆国を混乱させている、というものだ。

　モスクワ支局の工作担当員として様々なエージェントと話をして確信したのは、ソ連には「基本計画」など存在しないということだ。彼らは合衆国と同じレベルで行き当たりばったりの行動をしている。合衆国と違うのは、誰であれ、そしてどんなレベルの行為であれ、国家に対して背を向ければ彼らは処刑されるという点にあり、合衆国側と何らかの交渉を試みる時点でエージェントたちは命がけだった。そのため、合衆国に協力する者たちは、大きくわけて二つの特徴を持っているとホワイトは感じていた。一つは祖国から命を狙われており、合衆国に逃げこまなければどちらにせよ死ぬ、という人物。もう一つは、命を賭して背信行為をしたいと思うほど祖国に恨みを持つ人物。《エメラルド》の手紙は、後者の可能性を強く示唆していた。

「現状維持」の命令を受けて、支局長は怒りの滲みでたメッセージを返信した。

「《エメラルド》はかつてない規模の軍事情報を提供してくれる可能性があります。その情報は、合衆国の陸海空軍軍事計画を、十年以上短縮するかもしれません。これまで我々が何億ドルもかけて、何百人もの職員を危険に晒しながら手にしようとしてきた情報に

《エメラルド》はアクセスできるのです。私は本件にPNGのリスクをおかす価値があると思います。ミッションの開始は時期尚早かもしれませんが、コンタクトを取っておく必要があるのではないでしょうか」

支局長もまた、自分のキャリアを賭けていた。返信には「これまでのCIAの活動は無意味だった」という含みがあったからだ。

それに対するターナーの返信はシンプルだった。

「現在こちらで《エメラルド》の信用性を検討している。その結果が出るまでは『現状維持』だ」

支局長はその電信がタイプされた紙を、今にも引き千切ろうかという勢いで机に叩きつけた。

午前七時、いつもと同じ時間にゴルコボ通りのマンションを出ると、アントン・ペトロフは動物園通りに向かってゆっくりと歩きだした。そのマンションは三十年ほど前に作られた十五階建ての高層建築で、電子電波研究所の職員が数多く住んでいた。かつてマンションの一階にはスーパーマーケットと青果店が入っていたが、物資不足によって数年前に閉鎖された。今では完全な廃墟となっていて、金属製の看板は錆び、割れたガラス越しに見える薄暗い店内には、一面に蜘蛛の巣が張っていた。

コートのポケットから手を出すと指先が痛んだ。昨日はそれほどではなかったが、今日になってめっきり寒くなった。ペトロフはポケットから出した手袋をはめようとしたが、手が震えてうまくいかなかった。

アメリカ人に提案した期限の最終日は昨日だった。昨日の朝に通りかかったとき、まだバス停に赤い丸はなかった。アメリカ人が夜間に動くことまで想定すると、今朝が最後のチャンスだろう。昨晩は緊張と興奮でなかなか眠りにつけなかった。思いきって手紙を車の中に投げこんだあの日から、そういった夜が多くなった。

一度目の交渉に失敗してから、自分なりによく考えた。頭の中に用意しているノートに様々な可能性を書き出し、一つ一つ慎重に検討した。何が問題だったのか。何が「赤い丸」を阻んだのか。ペトロフはその要素を四つにわけ、それぞれの問題点を可能な限り解消したつもりだった。アメリカ人についてはほとんど何も知らなかったが、彼らが自分と同じように——そしてこの国の現体制と違って——合理的だと思っていた。科学者の自分にできるのは、合理的な提案をすることだけだった。そして今は、彼らの合理性に賭けるしかなかった。

祖国に背を向ける覚悟が固まってから、一通目の手紙を投函するまでに六年かかった。アメリカ人と直接話をする可能性を考えて密かに英語の勉強もした。ＫＧＢに手紙を開封されたときの危険性も考え、英語の暗号まで考えた。

だが、ただ一つ勇気だけが足りなかった。何年間もボリショイ劇場の前で、アメリカ人のナンバーをつけた車を眺め、何もできずに見送り続けてきた。最後に自分の背中を押したのは、息子のイリヤと、亡命したパイロットのベレンコだった。

イリヤはこの国で禁止されている西側音楽に強い関心を持っており、レッド・ツェッペリンというバンドのレコードが手に入らないかと相談してきた。彼の世代では、西側音楽が流行しているという話だった。ペトロフはそれ以来、闇市場でツェッペリンのレコードを探すようになった。一度、見つけたこともあった。レコード自体は買えない値段ではなかったが、慢性的な物資不足のこの国では、再生するための機械が手に入らないことがわかった。そのとき不意に、「アメリカ人なら手に入れることができるのではないか」という考えが降ってきた。彼にレコード再生機すら与えられないこの状況は絶対に間違っている、という確信が生まれた。

ベレンコの一件は、アメリカ人が必要としている情報に、自分がいとも簡単にアクセスできるという自覚を持つきっかけになった。以前より祖国に対する恨みはあったが、ベレンコのおかげで「アメリカに機密情報を流す」という具体的な計画が生まれた。

正確には、動物園通りは通勤路ではなかった。遠回りというほどではないが、電子電波研究所までの最短経路ではない。だが、ゴルコボ通りは夜の交通量も多く、アメリカ人が停留所に印をつける上で障害になる可能性があった。

ペトロフはわざと左手の手袋を地面に落とし、拾う際に後ろを見た。ジョギング中の若い男が一人と、反対方向へ向かう車が一台。監視されている気配はない。

停留所に赤い丸があれば、次に何をするかも決めていた。自分の専門ではなかったが、資料センターで閲覧した軍事計画白書の内容を頭に叩きこみ、レーニン図書館でノートに書き起こしていた。そのノートを渡すのだ。受け渡しについて書いた手紙もすでに用意してある。あとはボリショイ劇場の前でアメリカ人の車が通るのを再び待つだけだった。

停留所に到着した。わざとらしく白い息を吐き、疲れて休憩する人物を装いながら、待合用に置かれた古いベンチに座った。ベンチに赤い丸はなかった。停留所の表示板をくまなく調べたが、そこにも赤い丸はない。最後に地面と道路を確認したが昨日と何も変わらなかった。

一縷（いちる）の望みに賭けて、ペトロフはあたりを見渡した。アメリカ人がどこかで自分のことを見張っているのではないかと考えたからだった。向かいのマンションの窓際に女性がいたが、換気扇を回すと室内へ戻っていった。

ペトロフは落胆した。しばらく立ち上がることもできなかった。自分にとってもっとも重要なのは、物事が合理的に処理されていくことだった。ある時、この国に合理性を求めるのは不可能だと悟った。何もかもが——科学までもが——イデオロギーや体制保持という目的のために消費されていた。真理を追い求めるために科学者になった身として、そんなことは許されないと思った。だから自分は、すべてを失う覚悟で手紙を投函したのだ。

珍しく、自分の中に怒りを感じていた。その怒りはアメリカ人に向けられたものであり、この国とアメリカを統括する世界に向けられたものであり、自分自身に向けられたものであった。怒りほど不合理な感情はないとわかりつつ、ペトロフはベンチを右手で叩きつけた。人生の本質的な部分を変えようとして、主体的に行動をしたのは生まれて初めてだった。だが、アメリカ人は、そして世界は、自分に何もしなかった。

ペトロフは立ち上がり、「冷静になれ」と念じながら研究所に向かって歩いた。何がいけなかったのだろうか、何か見落としがあったのだろうか。

二十分後、研究所に到着し、入り口の衛兵に身分証を見せている間も、アメリカ人が返事をしなかった理由について考えていた。何らかの形で、自分の手紙はKGBに届いてしまったのではないか。手紙には身元が特定できる情報を残していないので、ＫＧＢはこちらが顔を出すまで待っているのではないか。ペトロフは、あまり考えたくない二つの可能性しか残っていないのだと悟った。手紙はアメリカ人に届かなかった。あるいは、手紙は届いたが、アメリカ人は何もしなかった。

研究室の机に座ったところで、慌てて室内に入ってきた技師が話しかけてきたとき、ペトロフは「どちらにせよ、これ以上は危険だ」という結論を出していた。これ以上、行動を続けるわけにはいかない。

「主任、ＪＫ４２７が正常にシャットダウンできません」

「またか」とペトロフは言った。「強制終了して構わないよ」

「故障してしまうかもしれません」

故障して構わない、という言葉を飲みこんで「わかった」とペトロフは席を立った。机の上にコートを置き、研究室を出る。地下の実験室へ向かうためだった。

ＪＫ４２７は新型の静電加速器だった。かつて電子研究室の室長だったウルマーノフの肝いりで開発され、膨大な予算が投じられた。当初は宇宙開発における反重力場の生成が目的だった。高圧の電流を用いて高速の電子を放出することで時空の歪みを作りだし、擬似重力場を作るというものだ。電子の加速エネルギーは電極の電圧差に依存するので、高電圧をかけるための大掛かりな発電所が郊外に作られた。

　ペトロフが電子研究室に配属されたのは二十二歳のときだ。配属された日から、ＪＫ４２７が反重力場を作りだせる可能性はゼロだとわかった。開発に湯水のごとく予算を注いだ結果、他では類を見ないほどの電圧差が実現していたし、電子の速度は上昇を続けていたが、時空の歪みは観測されなかった上に、仮に観測されてもそれをコントロールして宇宙ステーションに用いるという計画には無理があった。そもそも発電機と変圧器、ＪＫ４２７をどうやって宇宙空間に運ぶというのだろうか。

　仕事を始めてすぐ、ペトロフは落胆した。反重力場の生成が夢物語に過ぎないという事実だけに落胆したわけではなかった。ウルマーノフは、予算を引き出すために実験結果の捏造を続けていたのだった。ペトロフがどれだけ真面目に研究をしても、ウルマーノフは都合の悪いデータを揉み消した。彼の報告書の中では、ＪＫ４２７は反重力場の生成に成功しつつあり、十年以内に実用化可能になる、という話になっていた。

　四年後、ペトロフは前任の男が政治的理由で退職したことで、飛び級で電子研究室の主席エンジニアに昇格した。そのことで――形式上とはいえ――ウルマーノフと序列が同じになった。ペトロフの最初の仕事はウルマーノフを告発することだった。その日、ペトロフは生まれて初めて告発の手紙を書いた。送り先は研究所の所長だった。「ウルマーノフは実験データを改竄し、政府から不正に研究費を引き出しています」

ペトロフは自分が四年間書き続けた実験ノートを参照しながら、実際のデータとウルマーノフの報告書との違いを一つ一つ証明していった。ウルマーノフの歪んだ人格や研究室での横柄な態度などには触れず、極めて合理的に、科学的に告発を行ったつもりだった。だが結果として、ペトロフは実験助手への降格を言い渡された。研究所にとって、党から予算を取ってくることのできるウルマーノフは貴重だったからだった。

それから三年経ち、政治的な理由で失脚したウルマーノフが解雇されるまで、ペトロフは研究所のトイレ掃除以外の仕事をさせてもらえなかった。ようやく職場に復帰して与えられた仕事は、ＪＫ４２７の実験担当という、元々と同じ仕事だった。ウルマーノフを除き、研究所でＪＫ４２７を扱えるのはペトロフだけだったからだ。

地下実験室に着くと、ＪＫ４２７の様子を見た。数年前から調子の悪かった変圧器のせいで、正しくシャットダウンが行えていなかった。変圧器を修理しようにも、この国には必要な部品がなかった。反重力場の計画が頓挫してから、ＪＫ４２７は無用の長物になりつつあったが、膨大な投資をしてしまったゆえに解体することもできずにいた。

故障したＪＫ４２７は電極間で電子を放出し続けていた。電極の間に何度か稲妻が走り、一旦止まる。ようやく直ったかと安心したところで、また稲妻が走る。昨日故障したときはこの稲妻の連続と休止が六回繰り返されたが、今日も同じだった。

ペトロフは強制終了せず、このまま放置しようかと迷った。そうすれば機械が完全に故障してくれるかもしれないと思ったからだった。

最後の稲妻の連続が途絶えてからＪＫ４２７は静かになったが、しばらくしてまた稲妻が始まった。やはり六回だった。

実験科学者の性（さが）で、ペトロフはＪＫ４２７の放電が起こる回数を無意識のうちに数えてしまっていた。七回、十一回、二回、四回、二回、十七回。

七、十一、二、四、二、十七。何か意味があるのだろうか。ぼんやりと色々な可能性を考えるうちに、その数字を以前自分で作った英語の暗号表に当てはめていた。

ＤＮＴＳＴＰ。

ドント・ストップ――「止めるな」という意味だった。

ペトロフは思わず笑みをこぼした。機械の故障が生みだした偶然とはいえ、そのメッセージがアメリカ人と交渉することを諦めようとした自分に対して送られたものに感じたからだった。

ＣＩＡは何の返事もできなかったが、《エメラルド》は諦めずに三度目の手紙を大使館職員の車に投げ入れた。二度目の手紙から三カ月が経っていた。

「前回の手紙をお渡ししてから、何がいけなかったのか自分なりに考えてみました。おそらく、あなたがたは私のことがまだ十分に信頼できていないのでしょう。なので、危険を承知で私の身元を明らかにしたいと思います。

私はモスクワ電子電波研究所でＪＫ４２７というプロジェクトに携わっている上級エンジニアのアントン・ペトロフです。ゴルコボ通りの高層マンションの七階に住んでいて、妻と十七歳の息子がいます。以前は主席エンジニアでしたが、ちょっとした揉め事があり降格しました。ＪＫ４２７は国内でもっとも高圧の静電加速器です。すでに失脚したウルマーノフという高名な科学者によって、反重力場の生成を目的に開発されたものです。ＪＫ４２７は反重力場の生成には成功していませんが、いくつかの興味深いデータを得ることはできました。

ＪＫ４２７の研究データだけでなく、電子電波研究所の資料センターにはレーダーやロケットなどに使う電子部品の資料があり、総務部に身分証を預けて署名すれば一部を除きほとんどすべての資料を閲覧することができる立場にあります。その証拠に、軍事計画白書の写しの一部を手紙に添えます。私の手元には詳細に内容を転写した何冊ものノートがあり、それをどうにかしてお渡しできないかと考えております。また、今後やりとりをする機会があれば、あなたがたが必要としている情報を手に入れることも可能です。残念ながら私には、アメリカ人がどのような情報を必要としているのかわかりません。最後のチャンスだと覚悟して、この手紙をお渡ししました。これ以上、私にできることはありません。『赤い丸』という連絡手段に問題があるのかもしれないと思ったので、別の連絡手段も記しておきます」

《エメラルド》ことアントン・ペトロフは、手紙の末尾に自宅の電話番号を書き、「妻は眠りにつくのが早いので、二十三時以降であれば私が電話を取ると思います」と付記していた。

「本物だ」と支局長が言った。「《エメラルド》は諦めなかったんだ」

「本部に連絡しましょう」

ホワイトは言った。「これだけの材料があれば、さすがに長官も『現状維持』とは言えないはずです」

あまり色よい返事ではなかったが、さすがの本部も今回ばかりはコンタクトを許可した。電信の冒頭には「我々は様々なリスクを憂慮している」と書かれていた。「一介のエリートエンジニアがこれだけの危険をおかして連絡を取ろうとするだろうか、というものだ。だが、空軍の担当者が分析したところ、添付されていた軍事計画白書の内容に強い興味を示した。《エメラルド》からノートを受け取り、その内容を吟味してからミッションを進めるか検討する」

「《エメラルド》が命を賭けてここまでしたというのに、いったいあいつらは何をすれば信用するっていうんだ」

支局長は怒りを抑えずにそう口にした。

「とりあえず、コンタクトの許可が出たのは前進と言えるでしょう」

《エメラルド》への連絡はホワイトが担当することになった。支局内で作戦会議が行われ、ミッションの実行は五日後に決まった。五日後はアメリカ大使の妻の誕生日であり、大使館で誕生パーティーが開かれることになっていた。支局長はKGBに盗聴されていることがわかっている回線を用い、大使館職員たちに誕生パーティーの告知をした。当日のKGBの注意を大使館付近に向けるためだった。

ミッションの日の夕方、ホワイトは正装をして大使館の入っているビルへ向かった。KGBが設置している盗聴器の前で大げさに会話をしてから館内に入ると、奥の部屋で着替え、赤毛のウィッグをつけた。そこでパーティーの準備をしていた職員と入れ替わり、車に乗って大使館を出た。大使館の門の前でソビエト人民警察を見た。彼らが怪しんでいるようには見えなかった。

ホワイトは車でモスクワ市内を走り回った。急停車したり、何度も連続して角を曲がったり、突然Uターンをしたりした。監視探知作業と呼ばれるものだ。CIAの工作担当員がエージェントと会うとき、ミッションがKGBに発覚するケースのほとんどは、工作担当員が監視されている場合だ。現時点で《エメラルド》に監視はついていないだろう。工作担当員である自分が監視されていなければ、彼と連絡を取ったところで危険性はない。

街がすっかり暗くなってから、自分に監視がついていないことを確認し、ウィッグを取って車を降りた。そこから何ブロックも歩いた。街中の監視カメラの位置は把握していた。それらに映らないよう注意しながらモスクワ川の近くでバスに乗る。バスには、仕事帰りの労働者が数多く乗っていた。周囲には常に気を配っていた。ワイヤレスのイヤホンにノイズが入るたび、ホワイトは緊張した。イヤホンの本体はポケットにある無線受信機で、KGBの周波数帯を盗み聞くことができた。彼らが連絡を取っていれば、イヤホンからその情報が入ってくる。

バス停で降りてから、さらに二時間ほどモスクワの街を歩きまわり、《エメラルド》の自宅近くの電話ボックスへと向かった。雪こそ降っていなかったが、凍え死んでしまいそうな寒さだった。その寒さと戦いながら歩きつつ、周囲の窓や車から監視されていないか、最後まで確認は怠らなかった。二十三時すぎにようやく「大丈夫だ」と確信を得て、電話ボックスの前に立った。

たった一本の電話のためだったが、長い道のりだった。KGBはモスクワ中の公衆電話の通話記録にアクセスできた。アメリカ大使館から出てきた人間が公衆電話を使えば、KGBは間違いなく盗聴を行うだろう。その事態を防ぐためにも必要な手順だった。

ホワイトは頭の中に刻んでいた《エメラルド》の番号を押した。

少しして「はい」という抑揚のない、低い声がした。

「アントン・ペトロフさんですか？」とホワイトは聞いた。

「そうです」

「ご連絡をいただいた者です。今から約束のものを持って家を出られますか？」

「大丈夫です」

「では、動物園通りのバス停で」

「わかりました」

ホワイトは電話を切り、もう一度周囲を確認した。夜も更けており、ゴルコボ通りには人の気配はなかった。少しして一台の車が通過していったが、こちらを監視している様子はなかった。ホワイトは百パーセントの自信をもって、現在の自分を監視している者はいないと感じた。KGBは自分が誕生パーティーに参加していると思っているだろう。彼らがそう思いこんでいる間は、好きに活動することができる。

動物園通りのバス停に到着してから二十五分後に、白い息を吐いて《エメラルド》がやってきた。痩せ型の、眼鏡をかけた神経質そうな男だった。

「すみません」と《エメラルド》は謝った。「妻が目を覚ましてしまいまして。外出の理由を説明するのに時間がかかりました」

「大丈夫ですか？」

「ええ。何度も使える手ではないですが、きちんと説明したので彼女は怪しんでいません」

《エメラルド》はコートの内側に着ていたシャツをまくり、腹と背中に挟んでいた七冊のノートを取りだして、ホワイトに渡した。ホワイトはそれをブリーフケースの中に入れてから停留所のベンチに座った。すぐに《エメラルド》が隣に座った。向かいのマンションは半分ほどの部屋に明かりがついていたが、こちらを見ている者はいなかった。

「お手紙ありがとうございました」とホワイトは言った。「一通目からきちんと届いていましたが、様々な事情で動けなかったのです。半年にわたって、ご心配をおかけしました」

「構いません」

《エメラルド》は一切表情を変えずにそう答えた。

「いただいたノートについては本国の専門家が分析します。あなたへのご連絡は分析結果が出てからになるでしょう。何か必要なものがあれば本国と交渉しますが、お金には困っていませんか？」

「今のところ、金銭は必要ありません。この国には物資がないので、金があっても意味がないのです」

《エメラルド》はぽつりと、レッド・ツェッペリンのレコードとレコードプレイヤーが欲しい、と言った。息子が聞きたがっているという話だった。レコードプレイヤーは大きさ的に難しい、と説明して、ホワイトは代わりにカセットテープと再生機を用意すると約束した。

それから二人は三十分ほど話をした。ホワイトは《エメラルド》に、モスクワ支局の全員が気にしていた「なぜこのような手紙を渡そうと思ったのか」という質問をした。《エメラルド》は「あなたは？」と聞いてきた。「あなたはなぜ、このような仕事をしているのですか？」

少し迷ったが、正直に話すことにした。どちらにせよ《エメラルド》が罠だったら、ノートを受け取った時点で自分はもう一線を越えており、PNGは避けられないだろう。ホワイトは祖父母がモスクワ出身であることを話した。そして、彼らがボリシェビキに財産を没収されたことを。ベトナム戦争で多くの仲間を失ったことや、世界から共産主義を抹消しなければ、平和が訪れることはないと思っていることを。

《エメラルド》は意外にも「私にはよくわかりません」と答えた。「そういったイデオロギーの問題にはあまり興味がないのです」

「では、あなたはなぜ？」

「合理的でないからです。科学者は党が気に入るデータだけを抽出し、報告します。そうしなければ予算がもらえないからです。そのせいで才能のある科学者が仕事を失い、科学の発展が停滞しています。そういう意味において、私は現体制を好ましいとは感じていません」

「なるほど」とうなずきながら、ホワイトは複雑な気持ちを抱いていた。

はたして、《エメラルド》に胸を張って「我々は合理的だ」と言えるだろうか。CIAも同じだ。予算を引きだすため、大統領に都合のいい情報ばかりを渡している。キューバで、ベトナムで、アフガニスタンで、自分たちは憶測や希望的観測で誤った情報を渡し、国家を窮地に陥れてきた。

《エメラルド》はレッド・ツェッペリンの他に、自殺用のカプセルを欲しがった。

「手紙を渡した瞬間から死ぬ覚悟はできています」と彼は言った。「ですが、拷問や裁判には耐えられません。身の危険を感じたときにすぐ死ねるように、カプセルを渡してほしいのです。そういったものが存在することは知っています」

ホワイトは「交渉はしてみますが、期待しないでください」と答えた。「自殺用カプセルには大きなリスクがあります。たとえばあなたが街で暴漢に襲われたとします。警察署で、あなたの持ち物からカプセルが見つかった瞬間、KGBはあなたがスパイであることに気づくでしょう。カプセルは所持するだけで、あなたの立場を危うくするのです」

「もちろん、普段から持ち歩くような真似はしません」

「交渉はしてみましょう」

ホワイトは答えながらも、本部が自殺用カプセルの譲渡を許可することはないだろうと思った。カプセルには様々なリスクがある。《エメラルド》に伝えたものだけではない。カプセルを渡したエージェントが気を大きくして必要以上に大胆な行動に出たこともあったし、まだスパイ行為が発覚したわけではないのに疑心暗鬼から不安になり、カプセル自殺をした結果スパイ行為が発覚したこともある。カプセルを渡せば、エージェントだけでなくモスクワ支局や工作担当員にも危険が及ぶ。

完全に納得をしたようではなかったが、《エメラルド》は「わかりました」とうなずいた。

最後にいくつかの確認——主にカメラを使って資料を撮影することができるかという点の確認——をした。かたく握手をして、「今後はこちらから連絡する」と伝えてから《エメラルド》と別れた。

いくらか感傷的な夜だった。ようやく《エメラルド》と会うことができた。カプセルの件を除けば、概ね好感触だった。彼がきわめて理性的で、冷静な人物であるところもよかった。典型的な科学者で、試験を採点する教員のように、淡々とソビエトの間違いに印をつけているようだった。

自宅に向かって夜のモスクワを歩きながら、実に様々なことを考えた。共産主義が憎むべき思想であることは間違いない。処刑されていった何人ものエージェントや反政府主義者たちのことを考えるまでもなく、飢餓に苦しむこの国の民衆のことを考えれば、その思想が根本的な部分で間違っていると言わざるを得ない。

だが、その共産主義と対峙する合衆国はどうだろうか。我々は本当に正しいことをしていると言えるのだろうか。我々は、《エメラルド》が期待するような国家なのだろうか。

ホワイトはその点について、いつも深く考えないようにしていた。そのような疑念自体、共産主義が生みだしたものであると思いこまなければ、モスクワで諜報の仕事をすることなどできなかった。

ようやく手に入れた《エメラルド》のノートには、主に東ドイツにおけるソ連の軍備についての情報が書かれていた。

「まだ完全に《エメラルド》を信用することはできない。とりわけ、彼が情報を提供することを決めた動機の部分に疑義がある。彼は政治的に危険な立場にあるわけでもないし、イデオロギー的な不満を抱えているわけでもなければ、金銭を求めているわけでもない。そのような人物がリスクのある行動を取ろうとするだろうか」

ＣＩＡ本部の分析チームはそう前提した上で、「ノートの中身は他の情報と矛盾しないばかりか、まだ掴んでいなかった新情報も数多く含まれている」と続けた。「ノートに書かれていた内容は、ＫＧＢが罠として用意するにはあまりにも具体的であり、仮にすべて事実であれば、非常に貴重な情報であると認めざるを得ない」

ホワイトはノートの内容が誤りでないことを確認するために東ドイツへ向かい、いくつかの点を現地のエージェントに問い合わせた。概ね問題がないことがわかると、その旨を本部と支局に連絡し、《エメラルド》の次のミッションを立案するためにモスクワへ戻ることになった。

フランクフルトの空港で遅延していたモスクワ行きの飛行機を待つ間、ホワイトは思わぬ人物に肩を叩かれた。ドイツ人留学生のクラインだった。「やっぱりいたんですね」と彼は言った。

「やっぱり?」

「いや、ここであなたと会うんじゃないかと思っていたんですよ」

彼は実家に帰省していて、ホワイトの次の便で新学期のためにモスクワへ戻るところだと言った。

近況についていくらか話をしてから、ホワイトは彼の「共産主義の起源」という研究について話を振った。

「最近、教授から言われてテーマを変えたんですよ」

「どうして? 興味深そうなテーマだったのに」

「党から目をつけられる可能性がある、って話でして。僕としてもそんな危険はおかしたくないので、『マルクス主義思想におけるエンゲルスの役割』という穏当なテーマに変えました。まあ、やってることにそれほど変わりはないんですが」

「退屈そうなテーマだ」

「党の好みですよ。彼らの金で勉強をしているので、仕方ありません」

「それで、『マルクス主義思想におけるエンゲルスの役割』とは、いったいどんなものなんだ？」

「色々と複雑だし、話すと長くなるので、簡単に述べることはできませんよ」

「それはそうだろうけど、全部を聞いていたら飛行機が行ってしまうからね。なんとか簡潔にまとめられないか？」

「そうですね……。エンゲルスの役割をあえて一言にするなら、『すべて』ですね」

「すべて？」

「以前、マルクスという精子とエンゲルスという卵子が偶然出会ったことにより、共産主義が誕生したという話をなさいましたよね。それだけでなく、共産主義という赤ん坊が成人するまで育ててあげたのもエンゲルスだったのですよ」

「つまり、エンゲルスは共産主義の母だった、と」

「その通りです。エンゲルスはもともと裕福な家庭の生まれで、実家が紡績工場を経営していたという話は知っていますか？」

「知らないね。というか、エンゲルスについては彼がドイツ人であること以外、何も知らない」

「エンゲルスは二十代のとき、父が経営する紡績工場のマンチェスター支店で働くことになりました。そこでイギリスの工場労働者の実態を知って、階級問題について考えたのです。エンゲルスがイギリスで書いた論文は、無神論者で革命思想を持っていたマルクスに影響を与えます。こうして共産主義が誕生したのです」

「それはエンゲルスが共産主義の『卵子』だという話だ。彼が『母』であるとは、どのような点から言える？」

「もちろん、思想だけで共産主義国家は誕生しません。革命には『活動』が必要なんです。二人は組織の中で革命のために奔走しますが、そこで大きな問題点が浮かび上がってきます」

「どんな？」

「マルクスそのものです。マルクスは天才でしたが、気難しい人間でした。気に食わない人間がいると徹底的に排除しようとしました。仲間内に数多くの敵を作り、組織から疎まれていきます。それに加えて、マルクスには生活力もありませんでした。常にお金に困っていた上に浪費癖があり、借金ばかりしていました。そんなマルクスを支えたのがエンゲルスだったのです。エンゲルスは党の活動を始めてから絶縁関係だった父に頭を下げ、イギリスで工場経営の仕事を再開します。そこで紡績工場の業績を劇的に上昇させ、十分な資産を得ると、毎月多額の金をマルクスに送るようになったんです」

「皮肉な話だな。共産主義の母には、並外れた資本家の才能があった、と」

「そういうことです。僕が好きなエピソードが一つあります。一八六三年、エンゲルスと二十年間連れ添ったメアリー・バーンズという女性が亡くなりました。エンゲルスは宗教を否定していて結婚はしていなかったのですが、実際には妻のような女性でした。エンゲルスは絶望の中、そのことをマルクス宛ての手紙で報告しました。その手紙に対して、マルクスはなんて返事をしたと思いますか？」

「想像もつかないね」

「そんなことより金をくれ、ですよ。ひどい男ですよね。さすがのエンゲルスもこの返事には怒ったそうですが、その後も結局、送金を続けているんです。友情のために、そしてマルクスの才能のために」

「まさに『母』だね」

「そうなんですよ」

「そういえば、前回トビリシで会ったときに『興味深い資料が見つかった』という話をしていたね」

「あ、その話ですか。まだ『共産党宣言』が書かれる前、つまりマルクスと本格的に共同作業をする前、エンゲルスはマンチェスターで裁判にかけられていたんです。経営者の搾取と長時間労働に怒った労働者が蜂起して工場を襲う事件があって、犯行グループと密接な関係にあったエンゲルスも逮捕されたそうです。当時のイギリスでは機械を壊す行為は重罪で、暴動の罪状と合わせて実行犯の多くが死刑や流罪になったんです。エンゲルスも有罪になりかけていたのですが、弁護人がぎりぎりのところで事件当夜にエンゲルスを見たという証人を見つけ、エンゲルスの無罪が証明されました。エンゲルスは事件当夜、当時最新だった電信装置の価格交渉をするために、ソルフォードのデフォー研究所に向かったんですが、その日は研究所の創立記念日で従業員はおらず無駄足を踏んだわけです。不幸中の幸いだったのは、一人の電信技師が偶然出勤していたことです。彼が研究所の前に立っていたエンゲルスを見かけたそうです」

「資料というのは？」

「一連の裁判記録のことですよ。その資料が見つかったんです」

「で、それのどこが興味深いんだ？」

「エンゲルスが有罪判決を受けていたら、彼はオーストラリアへ島流しにされていたんです。そして、彼は実際に有罪判決を受ける寸前でした」

「なるほど、そういうことか」とホワイトは小さく手を叩いた。「たった一人の証人がエンゲルスを助けなかったら、共産主義は誕生せず、ソ連も存在しなかった」

「そうなんですよ。共産主義の『母』はオーストラリアで一生を終えていたのですから。冷戦は生まれず、大がかりな盗聴も、長時間の尾行も、危険な潜入捜査も、全部存在しなかったんです。そう考えると、どこか感慨深くないですか？」

「たしかに感慨深いね」と言ってから、「エンゲルスを救った証人の技師は、地獄に堕ちてもまだ足りないほどの重罪人だ」という言葉を飲みこんだ。

搭乗案内が始まり、ホワイトは荷物を持って立ち上がった。お互いの電話番号を交換してから、「いつかモスクワで食事でもしましょう」と約束し、次の便を待つクラインと別れた。

ホワイトはその約束が守られることがないことを知っていた。工作担当員の自分と一緒にいるところをモスクワのＫＧＢに見られたら、クラインは大学を追い出されることになるだろうとわかっていたからだった。

ペトロフが変圧器の壊れたＪＫ４２７の異常に気づいたのは、アメリカ人と初めて会った日から二週間が経ったころだった。

アメリカ人と会った翌日は、自分としては珍しく浮き足立っていた。長年一人で考え続けていた想像の世界が現実に変わった。窓口となったアメリカ人は想像していたよりもずっと若かったが、ひとまず合理的な人間に見えた。そしてその合理性こそ、自分の求めていたものだった。

冷静さを取り戻してから、ペトロフは自分の将来について改めて考えた。間違いなく言えるのは、アメリカ人がＪＫ４２７に一切の興味を示さなかったという点だ。この研究は自分にとって意味がないだけでなく、アメリカ人にとっても価値のないものなのだろう。

何か新しい研究がしたかった。レーダーや軍用機の部品など、アメリカ人が興味を持つような類の研究だ。そのためにはＪＫ４２７から解放されなければならない。

変圧器の故障を口実に、ペトロフは限界以上の出力で稼働することに決めた。そうすることで、ＪＫ４２７が完全に故障すると思ったからだった。どのみち、ＪＫ４２７について知っているのは自分だけだ。故障すれば修理部品もないし、プロジェクト自体が終了するだろう。

ペトロフはレバーを上げ、これまで試したことのない出力で電子を放出した。だが、電極には何の変化もなかった。そればかりか、ＪＫ４２７の内部で漏電している様子もない。

おかしい、と思った。流れこんでいるはずの大量のエネルギーの行き先がわからなかったからだ。ペトロフは実験を何度も繰り返した。だが、結果は同じだった。かつてウルマーノフが定めた限界値を超えて電子を射出すると、何も起こらずにエネルギーがどこかへ消えてしまうのだ。

技師に相談するか迷ったが、結局自分で点検をすることにした。内部でショートしているわけでもなかったし、機材も正常に動いていた。それに、限界値以下ではＪＫ４２７は正常に動いた。電極の位置を調整したり、射出のベクトルを変更したりしても結果は同じだった。限界値以下では正しく放電が起こったが、限界値を超えた電子は放出されず、エネルギーはどこかに消えてしまった。

その日以来、ペトロフは様々な仮説を立てて実証を繰り返した。最初に検討したのは、電子が現行の装置では観測できない別の粒子に変わった可能性だった。これが否定されると、電極間で何か未知の物質と反応している可能性を考えた。だがそれも違った。

研究所が閉まる直前まで、研究室で実験ノートを数式で満たしながら仮説と検証を繰り返した。帰り道、ペトロフは随分久しぶりに笑ってしまった。皮肉な話だ。機械を壊そうと決意したというのに壊れてくれず、そして自分は実験に夢中になっている。

考え得る限り、様々な条件下で装置を作動させた。だが結果は同じだった。ウルマーノフの限界値以上では、何をやっても電子がどこかへ消えてしまった。

有力な仮説が生まれたのは三週間後だった。

その日、久しぶりに技師がやってきて、JK427のシャットダウンに失敗したと報告した。二度目も同じ現象が起こった。JK427は断続的に電極間で放電していた。試行錯誤ののち、どうしようもない、と強制終了させようとしたとき、ペトロフはJK427に発電機から電気が届いていないことに気がついた。何度試しても高出力の電子が放出されなかった一方で、今度は何もエネルギーを与えていないのに電極間で放出が起こっているのだ。ある意味では、エネルギーは保存されていた。

JK427はこれまで放出されなかったエネルギーの「元を取っている」のではないか――つまり、高出力の電子がどこかの時空に保存されていて、時間差で放電しているのではないか。

この現象によって、あまりにも現実離れした仮説が生まれた。その検証をするために、ペトロフは研究室に戻って計算を始めた。

すぐに計算が合わないことがわかった。四次元空間上で過剰なエネルギーを与えられた電子をローレンツ変換すると、時空に保存されたエネルギーは現在に対して負の方向に、つまり過去に向けて放出されてしまうのだ。時間差放電の仮説が正しいとするのであれば、電子は反物質でなければならない。

何度も計算を繰り返し、やはり仮説が間違っていたという答えに至ってから、ペトロフは再び高出力でＪＫ４２７を稼働させた。

自分の考えが根本的にずれているのではないか、と気づいたのは二度目の放出を試みている最中だった。

仮説は正しかった。そして計算も正しかったのだ。つまり、電子は過去に向けて放出されていたのだ。今朝、電極間で放電されていた電子は、今自分が放出した電子なのだ。そんなことがあり得るのか、と感情が理解を拒否する一方で、その仮説が今のところ唯一の合理的な解釈だと理性が述べていた。そして、感情と理性がぶつかり合ったとき、ペトロフは常に理性を信頼していた。

すぐに負荷エネルギーと放電時のベクトルを計算した。地下実験室での実験を四次元空間上の座標として置き、放出された電子がどこに向かって飛んでいくのか予想を立てた。

何度か実証実験を繰り返してから、ペトロフの仮説は行き詰まってしまった。この実験の一番の問題は、電子を未来に向かってではなく、過去に向かって放出するという点にあった。実験とは、何かを試行し、その結果を調べる作業だ。だがJK427の場合、先に結果が出てから試行しなければならなかった。こちらから電子を出してもその電子は過去に消えてしまうので、定量的な実験ができないのだ。それに加えて、負荷エネルギー、電極の距離、放出ベクトルと、電子の到着時間と到着座標の関係性を正確に確認するためには、およそ千七百時間以上の過去に向かって電子を放出しなければならなかった。

ペトロフにできるのは、未来の自分が現在の自分に電子を送ってくるのを待つことだけだった。未来から電子が来たのを確認して、それから千七百時間以上待ち、その上で以前自分が電子を受け取った時空に向かって電子を放出しなければならないのだ。

三日ほどJK427の前で待ち続けたが、未来の自分から電子が送られてくることはなかった。現在の自分にできることは何もなかった。未来の自分に期待して、ただひたすら待つことだけだった。もどかしい気分だ。重大な真理が目と鼻の先にあるというのに、できることは何もない。

ペトロフは過去へ飛んでいった電子の行き先に思いを馳せた。もしかしたら、自分が送りだした電子たちは何十年も過去に届いているのかもしれない。自分がまだ子どもだったころ、世界のどこかに電子が放出されていたのだ。電子を受け取ったのが電信技師の父だったことを想像してみる。もしそんな奇跡が起こっていたら。

親とはもうずっと連絡を取っていない。両親は熱心な党員だったが、ペトロフは子どものころからずっと党の思想には興味がなかった。自分を熱中させたのは科学だけだ。大学に入ってからは、夢中になって研究をした。論文が高く評価され、党から期待されて電子電波研究所に入り、この分野でもっとも権威のあったウルマーノフのもとに配属された。当時の主席エンジニアの父親が白軍としてボルシェビキと戦ったことが発覚し、たまたまポストが空いた。そのポストに史上最年少で指名された。告発できる立場になったので、実験で不正をしていたウルマーノフを訴えた。告発はもみ消され、降格を言い渡された。ウルマーノフの告発を快く思わなかった両親と絶縁状態になった。のちに党の人員が代わり、庇護を失ったウルマーノフが失脚した。そうしてＪＫ４２７に戻された。

　降格させられたことにも、職場復帰させられたことにも納得していなかった。それらは科学の成果とは無縁のものだ。この国では、ものごとが合理的に考えられていない、と失望した。

　アメリカ人に手紙を渡したが、今後自分がどうしたいのか、あまり深く考えていなかった。この国の体制が変わればいい、という漠然とした希望はあったが、自分の手紙だけで実現できるようなことなのだろうか。それとも自分は、ベレンコのようにアメリカに亡命したいのだろうか。だがその場合、家族はどうなるのだろうか。妻は？　イリヤは？

とにかく続けよう。

ペトロフはそう考えた。将来のことはわからないが、続けることで見えてくるものもあるだろう。ドンー・ストップだ。

その瞬間、ペトロフは一つの事実を思い出した。四カ月前に、自分は「DNTSTP」というメッセージを受け取っていたのだ。千七百時間も待つ必要はなかった。記憶の中に答えがあった。

ペトロフは概算からおおよそのエネルギーとベクトルを計算し、機械が故障しないように注意深くレバーを操作した。規則性を伴った時空間放出が繰り返された。七回、十一回、二回、四回、二回、十七回。これを二セットだ。問題はない。いつも通り電子は放出されず、四次元空間に消えていた。

研究室に戻り、放出を行った時空間座標と負荷エネルギー、電極の距離とベクトルと、過去の自分がメッセージを受け取った日時から、正確な計算式を導いた。

そうして、ペトロフは歴史を司（つかさど）る方程式を得た。

この方程式があれば、「受信電極が存在する」という条件下において、過去の任意の地点にメッセージを送ることができるのだ。

すべてが解決してから、ペトロフはこの重大な発見を誰に報告するべきか考えた。結論はすぐに出た。モスクワ電子電波研究所ではない。アメリカ人だ。アメリカ人は、きっとこの研究に興味を示すだろう。


《エメラルド》との二度目のコンタクトを控えた日、KGBに拘束されていたGRU局長コロボフが国家反逆罪で処刑されたという報告が入った。コロボフの自宅からは、こちらが定期的に渡していた小型カメラや、大量のルーブル紙幣が見つかったという。

コロボフがKGBにマークされた理由はわからなかった。少なくとも数カ月前――ホワイトがトビリシでレーダー関係の資料を受け取ろうとしていたとき――コロボフはまだ疑われていなかった。だからこそ出張の仕事を与えられたのだ。

あのときトビリシでミッションが中断して以来、モスクワ支局はコロボフと連絡を取っていなかった。こちらとの連絡が途絶えたコロボフが無茶をしたのだろうか。コロボフは周到で、冷静な男だった。彼が安易に危険な行動をするとは思えなかった。

ホワイトは二重スパイの存在を疑った。CIAの内部にソビエトのエージェントが潜んでいて、コロボフの情報を流したのではないか。

ダメだ、とホワイトは思い直した。「二重スパイ」の発想は、二つの意味で正しくない。一つは、その発想がCIAに蔓延していた「基本計画」という妄執と似たようなものであるという点で、もう一つはコロボフの処刑を「二重スパイ」の責任にすることで、自らを免罪しようとしている点だ。本部からの命令だったとはいえ、コロボフが処刑された責任の一端は自分にあった。モスクワ支局は彼を見捨てた。彼は孤独と絶望の中で逮捕され、拷問を受け、そして処刑されたのだ。

自分のせいで《エメラルド》が処刑されるようなことがあってはならない、という強い思いで、慎重に監視探知を行った。モスクワ中を何時間も歩き回り、バスに乗ってからすぐに降りた。監視されていないという十分な確証を得てから、前回と同じ電話ボックスで《エメラルド》に電話した。

十五分後、動物園通りのバス停に着くと、ブリーフケースを大事そうに抱えた《エメラルド》が待っていた。

「前回の反省を活かしたんです」と彼は言った。「呼び出し音で妻が起きないよう、すぐに電話を取りました」

「助かります」

ホワイトは、毎晩電話機の前で待つ《エメラルド》のことを考えて、気の毒な気分になった。いつ電話をするか、こちらから伝える手段はない。つまり彼は、毎晩電話機の前で待ち続けていたのだ。

「約束の品です」と言って、ホワイトは紙袋を渡した。「この中には、レッド・ツェッペリンのカセットと再生機、そして一万ルーブルの紙幣があります。そのほかにも以前あなたが渡してくれたものと同じ型のノートが入っていて、そこには本部が指定した『リスト』が書かれています。『リスト』とは、あなたが資料センターでアクセス可能だと教えてくれた情報のうち、我々が強く必要としている情報のことです。ペン型の小型カメラと撮影用のペンタックス、取り扱い説明書、そちらからこちらに連絡するときに使う、特殊な便箋も同封しています」

「資料センター内は常に係員が見張っており、撮影はできないと思います」

「資料を研究所の外に持ち出すことは？」

「コートなどにうまく隠せば可能かもしれませんが、資料を借りるときに身分証を預け、返却が確認されてから身分証が戻ってくる仕組みなので、持ち出したあと研究所に入れなくなります。入館時、警備員に身分証を見せないといけないので」

「しかし、従来のやり方――つまり、資料の内容をあなたが記憶し、それをノートに書き起こすという手段では、一度に得られる情報の量に限りがある上に、内容にも誤りが生まれてしまうかもしれません。それに、あなたの専門外の情報などは、記憶して書き起こすことも難しいでしょう」

「それもそうですが」

《エメラルド》を説得しながら、自分の心が二つに引き裂かれていることに気がついた。一方では「《エメラルド》の価値を本部に認めてほしい」と思っている。本部はまだ《エメラルド》がKGBの罠なのではないかと疑っている。その疑いを晴らさなければ、コロボフのときのように彼を見捨てる羽目になってしまうかもしれない。本部の信用を得るためには情報が必要だ。それも、ソ連がもっとも秘匿したいと思っている情報を《エメラルド》が提供しなければならない。

だがもう一方で、彼を危険な目に遭わせたくない、とも思っている。センターの資料を持ち出すことは彼にとって大きなリスクとなるだろう。もし露見すれば言い逃れはできない。ホワイトは《エメラルド》に敬意を感じていた。《エメラルド》がこの国で生まれ育ったことは、世界にとって大きな損失だったはずだ。彼はイデオロギーのためでもなく、金銭のためでもなく、個人の信条に従って動いている。実直で、崇高な行為だ。そんな彼にスパイ行為をさせている状況は、ひどくもったいないことだった。

「くれぐれも、無理をしないでください」

「ええ」と沈んだ表情で《エメラルド》が答える。

おかしなことを言っていると自覚していた。自分は「無理をしろ」と言いながら、「無理をするな」とも言っているのだ。「合理性」を重視する《エメラルド》に対して、そんなことしか口にできない自分に腹が立つ。

その後、緊急時に《エメラルド》がモスクワ支局と連絡を取る方法など、いくつかの確認をした。こちらが話をしている間、《エメラルド》はずっと何かを口にしたくてうずうずしているような様子だった。

寒さが去ったせいか、前回のコンタクト時に比べて通行人の量が多かった。二人は立ち上がり、夜の動物園に向かって歩きながら話をした。車や通行人が通るたびに、二人は話を中断して押し黙った。周囲に誰もいなくなったことを確認してから、ゆっくりと、慎重に会話が再開された。そうやって、沖に浮かぶ空き瓶のように、少しずつ前進していった。

「先日、研究所で重要な発見がありました」

動物園の門に立つ衛兵の姿が見えなくなってから、《エメラルド》が小声でそう口にした。他のどの会話よりも、他人に聞かれたくなさそうだった。

「どんな発見ですか？」

「詳細を述べると長くなるのですが、ＪＫ４２７を用いて特殊な放出ができるとわかったのです」

「特殊な放出？」

「ウルマーノフ型の静電加速器で電子を高圧放出した際に、特定の条件下で電子が四次元空間を通過することがわかったのです」

「すみません。浅学なので意味がわかりません」

「電子を過去の任意の日時、任意の場所に放出することができるということです。この技術を使えば、超光速で通信することも、過去へ向けて通信することも可能です」

「過去と通信ができる、というのですか？」

「ええ」と《エメラルド》がうなずいた。「通信といっても、こちらから一方的に電子を送るだけですし、受信には二本の電極が必要です。また、時空ベクトルの制限上、送信範囲をヨーロッパに限定したとしても、およそ二百三十六年までの過去にしか送信できません。二百三十六年前に電極が発明されていたのか知らないので、その限界値に意味があるかはわかりませんが」

「あなたはそれが事実だと思って話しているのですか？」

「もちろんですよ」と《エメラルド》はうなずいた。「常識に反する発見ですが、事実です。確認するために、研究所から私の自宅へ向けて何度か簡単なメッセージを送ってみました。幸運なことに、私の家には大学で学習するために作られた簡易電極の余りが何セットかありましたから」

「それで、実際に通信が届いたんですか？」

「届いたのを確認しました。というより、『自宅に届いた電子を、翌日実験室で放出した』というのが正確ですが」

ホワイトは「正気ではない」と口にしそうになるのを我慢した。《エメラルド》は至って冷静に、とんでもない話をしていた。彼は静かに狂っているのだろうか、という疑念を抱いたが、この場では話を合わせることにした。少なくとも、彼が手に入れることのできる情報には重大な価値があった。

「率直な疑問なのですが、未来からの通信を受け取ってから、永久にその内容を送らなければどうなるんですか？　あなたの話では、一度受け取ったメッセージをいつか送り直さなければ辻褄（つじつま）が合いません」

科学者には矛盾の追求で応じるのがいいだろう。《エメラルド》の「発見」は問題だらけだ。少し考えただけでこの程度の矛盾が生まれてしまう。

「エネルギー保存則を大前提とするならば、三つの可能性が考えられます」と《エメラルド》は答えた。「一つ目は、未来がいくつかの世界に分岐しているという可能性です。その分岐した世界の一つからメッセージが出されたのです。二つ目は、どれだけ『送らない』と覚悟しても、何らかの理由によって未来のどこかのタイミングでかならず送ってしまう、という可能性です。三つ目は、一つ目や二つ目と両立しますが、未来でこの技術を得た他の誰かが、私に向かって送っているという可能性です」

「なるほど」

「私の発見にはあまり興味がありませんか？」と《エメラルド》が言った。

「そういうわけではありません」とホワイトは首を振った。

「この技術を使えば、過去の様々な出来事に干渉することができるかもしれないのです。専門外ですし、私はあまり詳しくないのですが、第二次世界大戦を未然に防ぐことだって不可能ではないはずです。これでも興味は湧きませんか？」

「あなたの話がすべて本当なら、もちろん興味は湧きます」

「私は嘘などついていませんよ」

「そうですね。その点は疑っていません」

「私たちはこういった点において、協力できるのではないかと思うのです。たとえば、私がアクセスできる情報だけでは、どの年代の誰に向かって、どのようなメッセージを送れば第二次世界大戦を防ぐことができるのかわからないのです。あなたがたにその点でご協力いただければ、と思っているのですが。受信用電極のある場所を示した正確な地図と、メッセージ内容、そしてどの年のどの時刻に送ればいいのか教えていただければ、明日にでも研究所から送ることができます」

《エメラルド》は興奮した面持ちだった。それだけに、ホワイトは自分の意見をどのように伝えるべきか困ってしまった。《エメラルド》はまだ本部に完全に信用されているわけではない。その「発見」は到底事実だとは思えないし、もし何らかの真実を含んでいたとしても、現段階でＣＩＡが具体的な行動を起こすことはない。むしろ、彼の信用を落とし、今後のミッションを困難にさせる危険性がある。

「その件についてはくれぐれも慎重に動きましょう」

ホワイトはそう答えた。「仮に事実だとすれば、非常に重要で、かつ危険な発見です。こちらとしても安易に動くわけにはいきません」

「そうでしょうね」と《エメラルド》は答えた。

動物園の外周で別れ、自宅へ向かって歩きながら、ホワイトはＪＫ４２７の件を本部に報告しないよう、支局長に頼むことを決めた。

個室トイレのドアをノックする音を聞いて、ペトロフはとっさにカメラを膝の上に置き、軍事レーダー関係の資料をベルトに挟んでシャツをかぶせた。カメラをブリーフケースの底にしまったとき、慌てたせいでレンズカバーが外れ、床に転がった。レンズカバーは個室のドアの隙間までまっすぐ進んだあと、勢いを失って進路を変え、こちら側へ戻ってきた。心臓が止まる思いだった。

「早くしろ」という声がした。ペトロフは胸を撫で下ろした。少なくともKGBがやってきたわけではなさそうだったし、誰かが自分のことを怪しんでいるわけでもなさそうだった。

「今出ます」と答え、トイレの水を流す。急いでドアを開けると、不機嫌そうな顔をした男が立っていた。

資料の撮影は半分ほどしか終わっていなかったが、これ以上は難しいだろう。本来なら昼休みに資料を自宅へ持ち帰り、そこで撮影するのが一番よかったが、身分証の問題から現実的ではなかった。ペトロフは苦肉の策で、借りだした資料をトイレに持ちこんで撮影した。撮影時のシャッター音をごまかすため、意図的に唸り声を出すこともあった。そういうとき、自分が何をしているのかわからなくなった。

資料を開き、すべてのページを撮影するというわかりやすい手段は、資料の内容を記憶してノートに書き出す、という手段に比べて圧倒的に効率がよかった。そのぶんペトロフが資料を借り出す頻度は増えていたし、発覚する危険性も増していた。

このやり方にも限界があると思う。資料を借りるときに、自分は身分証を提示してから署名していた。軍事白書やレーダーの資料など、研究と関係のない資料を実名で借りているのだ。誰かが不審に思って調べたら一巻の終わりだった。

それに持ち物検査もある。月に一度程度、出社時に不定期で持ち物検査をされた。先週検査されたときは撮影日ではなく、運よく何も見つからなかったが、ブリーフケースにカメラを入れている日に検査をされれば、まず間違いなく連行されるだろう。

センターで資料を返却した際、係員が「明日から規則が変わるのでご注意ください」と言った。

「どう変わるのですか？」

「資料を借りる際に、どのような用途で借りるのか、簡単な理由書を書いてもらいます」

ペトロフは冷や汗をかいた。

「どうしてそんな規則が？」

係員は「知りませんよ」と答えてから、疑うような目でこちらを見た。

「いえ、手間が増えるな、と思いまして」

怪しまれないよう平静を装ってそう言った。係員はすでに、並んでいた次の男の書類に目を向けていた。

急ぎ足で研究室に戻りながら必死になって考えた。このタイミングで資料センターの規則が変わることに、何か意味があるのだろうか。KGBが何かを摑んだのだろうか。怪しまれた時点で自分は終わりだ。自宅にはアメリカ人に渡した手紙の草稿もあったし、彼らからもらった「リスト」のノートや、ルーブル紙幣の束もあった。

その日は何も手につかなかった。覚悟していたつもりだったが、いざ捕まることを考えると、急に怖くなった。

KGBの拷問について、色々な噂を聞いたことがあった。座ることのできない真っ暗な狭い部屋に何日間も立たされたり、氷水を入れた浴槽に一晩中浸けられたり、罪を認めるまで一枚ずつ爪を剝がされたり。シベリアに送られた人々がどのような末路を辿るかも耳にした。それらが事実かどうかはわからなかった。生きて帰ってくる人がいなかったからだ。

ウルマーノフを告発するときですら迷いはなかった自分だったが、珍しく弱気になっていた。アメリカ人の言う通りに撮影を続けられる自信はなかった。今までのように、地道にノートに書いていくべきだと思った。

翌日、出勤して地下実験室へ向かうと、技師から「実験室はしばらく閉鎖だそうです」と告げられた。

「なぜだ？」とペトロフは聞いた。何かよくないことが起こりつつある前兆だと思った。

「発電所から電気が来ていないようです。研究所の自家発電機を動かしていますが、電力制限によって他の研究室も閉鎖しています」

「何があったんだ？」

「そんなのわかりませんよ」

技師はそう口にして実験室から出ていった。

実験室の閉鎖は一週間ほど続いた。センターの規則は係員の予告通り変更され、資料を借りるときに理由書を記入しなければならなくなった。夜遅くになって妻が寝ると、ペトロフは鳴らない電話機の前に座り、アメリカ人にもらった便箋を広げた。水に濡らすと文字が浮かび上がる、特殊な紙だと言われていた。

「こちらはよくない兆候が続いています。資料センターの規則が変更され、実験室は閉鎖されました。KGBが何かを嗅ぎつけているのかもしれません。研究室のドアがノックされるたびに、KGBがやってきたのではないかと思い、心臓が止まる思いをします。持ち物検査の隙を見て撮影は続けていますが、自分の行動が露呈するのも時間の問題に思えます。

もちろん、覚悟はできています。死ぬのはそれほど怖くありません。私が恐れているのは、KGBから拷問を受けることです。以前お話しした自殺用カプセルの件をもう一度検討していただけないでしょうか。いつでも死ぬことができると感じられれば、もう少し勇敢に行動することができるかもしれません」

翌日、ペトロフはいつもより一時間半早く起床して、ジョギングをしながら研究所を通り過ぎ、モスクワ川近くのポストへ手紙を投函した。自宅に戻り、シャワーを浴びていると妻が「ちょっと」と呼んできた。

シャワーを止めて「どうした?」と聞く。

「寝室の銀色の棒が光っているの。危ないからなんとかして」

電極のことだ、とペトロフは直感した。「わかった」と返事をして、慌てて着替えた。電源を入れていないのに、寝室の電極が断続的に放電していた。

「なんとかするよ」と言って妻を部屋から追い出し、ペトロフは光の規則性をノートに書き留めた。送り主は、自分のことを「歯医者だ」と名乗っていた。メッセージはこれまでになく長大で、出勤までに解読することは不可能だった。「研究室が閉鎖していて、出勤時間が変わった」という言い訳をして、いつもなら自分のあとに家を出る妻を見送った。すでに出勤時間を過ぎていた。ペトロフは本腰を入れてメッセージを解読するため、研究所に「体調が悪いので休む」と連絡した。初めての欠勤だった。研究から干され、三年間毎日トイレ掃除をしていたころにも、一度として休まなかったというのに。

三度目に会ったとき、《エメラルド》は資料を撮影した大量のフィルムをホワイトに渡してきた。彼が手紙で訴えていた「よくない兆候」については、幸いなことに今のところ大きな障壁とはなっていないようだった。資料センターで新しく採用された「理由書」制度については、様々な職員から「面倒だ」という苦情が出て、一カ月ほどで廃止されたらしい。実験室の閉鎖も十日ほどで解除され、今では通常通り研究できているという話だ。だが、そのときの経験から、《エメラルド》は自殺用カプセルをかなり強く求めるようになった。

彼は「カプセルがもらえないなら、これ以上の協力は難しくなるかもしれません」と強い口調で言った。「今回は大丈夫でしたが、KGBがいつどのように私を拘束するか、想像もつかないからです」

想定外の事態は、別れ際に《エメラルド》が「ホワイトさん」と呼びかけてきたことから始まった。

「誰のことですか？」

ホワイトはそうとぼけた。彼にはもちろん自分の名前は伝えていなかったし、彼が自分の名前を知っているとは思わなかった。

「あなたの名前です。違いますか？」

ホワイトは「違います」と答えてから「でも、どうして『ホワイト』だと思ったのですか？」と聞いた。自分がジェイコブ・ホワイトという名前であることは国家機密というわけではない。何らかのやり方で大使館の駐在武官というポストにたどり着けば、公開された名簿から知ることができる。KGBも把握している情報だ。だが、一介の科学者である《エメラルド》が、そのことをどうやって知ったのだろうか。

「通信です。以前話をしたと思います。私のもとに、歯医者を名乗る人物から通信があったんです」

「歯医者？」

「ええ、そうです」

「その通信で、私の名前を教わったと？」

「そうです。結果的には間違っていたようですが、私の解読ミスかもしれません。英語はあまり得意ではないので」

堪(こら)えきれず、ホワイトは「その通信では他にどんなことを伝えられたのですか？」と聞いた。

「あなたが私の発見を信じていない、ということです。信じてもらうために、未来の出来事を予言するべきだ、と言われました。メッセージの発信元が自分ではないので、私はあまり乗り気ではないのですが」

「未来の出来事、ですか」

「ええ。私が翻訳を間違えていなければ、一週間後にアメリカからあなたのところへ重大な電信が届くそうです。その電信で、コロボフという人物が逮捕された件の真相が明らかになる、と伝えられました。こういった形でメッセージを受信するのは初めてなので、あまり信頼性はありませんが」

その時点ではまだ、ホワイトは《エメラルド》が誇大妄想にとらわれているものだと考えていた。どこかで自分の名前を知り、新聞でコロボフの処刑を知ったのだ。その二つの情報を組み合わせてストーリーを作っているにすぎないと思っていた。

「コロボフのことは、どこで聞いたのですか？」

「どこで？　自宅の寝室ですよ。未来からメッセージが届いたんです」

「あなたは非常に危険な話をしています」

ホワイトは人気のない暗闇を見渡してから、そう告げた。「その話はここで終わりにしましょう」

支局長はホワイトと違う意見だった。

「ソ連が時空間通信の技術を開発していたと考えれば、様々な疑念が解消する。突然逮捕されたコロボフも、もしかしたら未来のKGBから連絡があったのかもしれない」

「そんなことあり得ませんよ」とホワイトは言った。「何より、そんな技術があるとしたら、未来のKGBが過去に向かって伝えるメッセージは一つだけです」

「どんなメッセージだ？」

『共産主義は失敗だった。今すぐにやめろ』というものです」

ちょうど一週間後に本部から届いた電信でホワイトは考えを改めた。本国のソビエト部に所属する工作員のホームズが逮捕されたという内容だった。ホームズはワシントンのソ連大使館を通じて、モスクワにいる協力者のリストをKGBに売っていたという。現在もホームズの尋問が続いており、リストの詳しい内容は明らかになっていないが、コロボフの逮捕についてはすでに関与を認めているという。

国外脱出の可能性を含め、協力してくれているエージェントの安全性をどのようにして確保するか、結論の出ない会議が始まった。夜もすっかり更けてから、明日以降も継続して対応していくことを確認し、職員たちはひとまず帰路についた。

オフィスの小さなテーブルの前に座り、断続的に届いた本国からの電信を見ながら、ホワイトは《エメラルド》のことを思った。彼は現在コンタクトを取っているエージェントの中でも、もっとも重要な人物だった。彼がもたらすことのできる情報はアメリカの軍事計画を十年以上短縮させると言われていた。すでにいくつかの成果は得られ、分析官たちは次の情報が提供されるのを心待ちにしていた。

「本当だったじゃないか」

会議の内容をまとめた電信を本部に送り返してから、支局長はホワイトの肩を叩いた。

「何が、ですか？」

「時空間通信の技術だよ。《エメラルド》は未来と交信したんだ。間違いないだろう」

「信じているのですか？」

「もちろんだ」と支局長はうなずいた。「ホームズの逮捕は昨日の出来事だ。《エメラルド》は一週間前にそのことを予言していた」

「ホームズの逮捕を悟ったKGBが何らかのリークをしていたのかもしれません」

「『基本計画』か？　君までもあんな陰謀論に耳を貸すのか」

「いえ、そういうわけではありません。ですが、過去と通信ができるという突拍子もない事実に比べれば、本部の抱いている陰謀論の方がより現実的だと思います」

「話にならんね」

支局長はホワイトに背を向けた。「そもそも、KGBがそこまでしてこちらの信頼を得るメリットがない。君はどこまでも頭の固い人間なんだね」

「いえ」とホワイトは首を振った。「私はあくまでも客観的な意見を口にしたまでです。客観的な意見を口にしたのには理由があります。つまり、《エメラルド》の主張する時空間通信について、本部に話をすれば、彼らはかならず陰謀論に飛びつくだろうと言っているのです。私は《エメラルド》と直接会い、彼が信頼できる人間だと感じていました。あまりにも現実味のない話なので、時空間通信についてはずっと誇大妄想だと疑っていましたが、ホームズの件で意見は変わりました」

「では君は、どうするべきだと思う？」

「まず確認しておくべきは、《エメラルド》が非常に危険な状況にあるということです。ホームズは間違いなく《エメラルド》の情報をKGBに流しているでしょう」

「流したに決まっている。というか、ホームズは真っ先に《エメラルド》のことを伝えただろう。現在、《エメラルド》より重要なエージェントはいない」

「その通りです。つまり、《エメラルド》が置かれた現在の状況は、もうすぐKGBに拘束されるところか、すでに拘束されて拷問を受けているか、拘束された上で二重スパイになっているか、いずれかでしかあり得ません。不幸中の幸いは、ホームズが《エメラルド》の本名にアクセスできる立場になかったことにあります。彼はせいぜい、支局と本部の電信記録を読んで、《エメラルド》が電子や電波関係の機密情報にアクセスできる技術者であることしかわかっていないでしょう。該当する技術者がモスクワにどれだけいるのかわかりませんが、KGBが完全に絞りきれていないことを祈るのみです」

「そうだな。一刻を争う事態だ」

「ですが、現段階で《エメラルド》が拘束されていないのだとしたら、こちらにもまだチャンスがあります」

「どういうことだ？」

「時空間通信を使って過去に通信し、ホームズのスパイ行為を未然に防ぐんですよ。そうすれば《エメラルド》に対する脅威を取り除くことができます。どのみち、それしか方法がないんです。ホームズの尋問が完了してから、《エメラルド》の救出ミッションを開始したところで、KGBの先を越せるとは思いません。時空間通信が本物であるという可能性に賭けなければ、彼を救うことは難しいと思います。もちろん本部に伝える必要はありません。というか、その時間もありません」

「なるほど、そういうことか」と支局長が手を叩いた。「メッセージの送受信に成功すれば、今回の危機自体が発生しないから、本部に報告する必要もないということか」

その瞬間、ホワイトは既視感を抱いた。最近、同じように手を叩いた経験があったような気がした。

「フランクフルト空港だ」

ホワイトは思わず口にしていた。

「フランクフルト空港がどうした？」

「フランクフルト空港で、私はフリードリヒ・エンゲルスの研究者と話をしたんです。彼は、ほんのわずかな偶然で、エンゲルスは島流しになるところを逃れたのだと言っていました。その偶然がなければ、共産主義は誕生しなかったのです」

ホワイトは必死に記憶をたどり、クラインの話を思い出した。エンゲルスを救ったのは一人の電信技師だった。そして《エメラルド》は電極さえあれば、ヨーロッパ中に、そして二百年前にメッセージを送ることも可能だと言っていた。ホワイトの頭の中で一つの偶然が光り輝いていた。その偶然は、共産主義を誕生させるための偶然ではなく、共産主義を消滅させるための偶然だった。

「何の話をしている？」

「歴史上最大のミッションの話です」

珍しく興奮しながら、ホワイトはそう言った。「ＪＫ４２７を使い、百三十年前の電信技師にメッセージを送るんです。『裁判で証言をするな』でもいいし、『エンゲルスを有罪にしろ』でもいいでしょう。詳しい文面や、彼にメッセージを正しく伝えるための工夫は必要ですが、成功すればエンゲルスはオーストラリアへ島流しになり、共産主義は誕生しません。それゆえソ連も誕生せず、この冷戦も生まれません」

「君の話がわからない」

支局長は困惑した表情を浮かべていた。

ぐんですよ」

「つまり、百三十年前にＣＩＡのエージェントを送りこんで、共産主義が誕生するのを防

「しかしそんなことをしたら、この世界はどうなってしまうんだ？」

「わかりません」とホワイトは首を振った。「もしかしたら私の存在も消えてしまうかもしれません。ですが、もし我々より先にソ連が時空間通信の技術を使用したら、世界はもっと悲惨なことになります。アメリカ自体が消滅してしまうかもしれません。それにそもそも、私の仕事は命を賭けて、この世界から共産主義を抹消することです。その仕事が遂行できるチャンスなんです。どうかこのミッションの許可を出してください」

「君の言っていることがよくわからない以上、詳しい話を聞かねば判断できない。それに、本部へ報告せずに行動を起こすことの意味を、もう少し考えなければならない」と支局長は言った。

支局長は最後まで判断を渋った。「予言」が当たったという事実と、本部に無断でミッションを開始することの重大さを天秤にかけているようだった。最終的にホワイトが引き

だすことができたのは「少なくともKGBが迫っているという状況を《エメラルド》に伝える合理性は存在する」という決定だけだった。「その先のことは、私が責任を負える規模のものではない」

　そんなもの、誰にだって責任を負えるものではなかった。歴史上から共産主義を抹消しようというのだ。

　ホワイトは自分が地獄へ堕ちる覚悟を抱いて、急いで大使館のビルを出た。冷静に考えて、自分は正気でないと思った。存在が極めて疑わしい技術に、とてつもなく大きなものを賭けていた。まるで何かに取り憑かれているようだったが、そもそも自分はずっと何かに取り憑かれていたのだ。アメリカで、ベトナムで、そしてここモスクワで。共産主義という誤った思想のせいで、何百万、何千万という人々が苦しんでいた。西側も東側も、大勢が死んだ。共産主義という誤りを正そうとして、アメリカ人も歪んでしまった。全世界を破壊するだけの量の核爆弾が作られ、関係のない第三国で戦争が起きていた。何もかもが間違っていた。その間違いの根源は、百三十年前にイギリスで行われた裁判にあったのだ。

　歴史はときに、重大な二択を迫られる。開戦か、非戦か。暴力か、非暴力か。正直か、嘘か。大統領でなくても、皇帝でなくても、その判断を誤ることがある。フリードリヒ・

エンゲルスを無罪にした判事は誤った。エンゲルスが実際に流刑に相当したのかどうかは問題ではなかった。真実がどうであれ、彼は流刑になるべきだった。彼はマルクスを「受精」すべきではなかった。

すでに二十三時を回っていた。入念に監視探知をする余裕はなかった。一時間ほどモスクワ市内を歩き回り、自分を尾行している車を撒いたことを確認すると、近くの電話ボックスに飛びこんだ。

しばらく呼びだしてから、ようやく《エメラルド》が電話に出た。

「よかった。まだ無事だったんですね」

「なんの話ですか？」と《エメラルド》が言った。すでにKGBの捜査を受けているような口ぶりではなかった。

「今、外に出られますか？」

「妻が起きてしまったのですが……」

「緊急事態なんです。なんとかして外に出てください」

「わかりました」と言って、《エメラルド》は電話を切った。

バス停のベンチで《エメラルド》を待つ間、ホワイトは彼がすでにKGBの二重スパイになっている可能性について考えた。しばらくして、考えるだけ無駄であるという結論に至った。《エメラルド》がこちら側にいないのなら、講じることのできる手立ては存在しなかった。

二十分ほど待ってから《エメラルド》がやってきた。ホワイトの隣に座ると、彼は「新しいフィルムはありませんよ」と言った。「前回から一週間しか経っていないので」

「大丈夫です」

「あと、連絡の際は時間を守っていただけると助かります。妻は私のことを完全に疑っています」

彼は不機嫌そうに言った。「明日以降、彼女をどうやって説得すればいいのかわかりません」

「その『明日以降』がなかったとしたら、どうでしょう」

「どういうことですか？」

「今日、本部から電信が届きました。あなたの予言通りでした――というより、それ以上でした。我々の内部にスパイがいて、彼がコロボフだけでなく、モスクワ中の協力者の情報を流していたんです。そのことが何を意味するか、わかりますか？」

「もちろんです」

《エメラルド》はいたって冷静にうなずいた。「私の身に危険が迫っているということですね」

「その通りです。最近、何か変わったことはありましたか？」

「昨日、資料センターが閉鎖されました。水漏れが原因だという話でした。前回、思いこみで勘違いした経験もあったので、あまり深く疑ってはいなかったのですが」

「KGBが捜査の網を電子電波研究所まで狭めたのでしょう」

「そうなると逮捕も時間の問題だと思います」

《エメラルド》は他人事のように言った。「資料センターの貸し出し用書類に、私は毎回実名でサインをしています」

「ですが、まだチャンスはあります」

「JK427ですね」と《エメラルド》が言った。

「そうです。可能な限り迅速に、過去に向かってこの事態を伝えるんです」

「研究所が開く、明日の八時にならないと難しいでしょう」

「それで構いません。KGBの捜査の網があなたを特定する前に間に合えば、こちらの勝ちです」

「やってみましょう」と言ってから、《エメラルド》は立ち上がって腕を組んだ。「ですが、大きな懸念点があります」

「懸念点とは？」

「現に、過去の私が『この事態』を伝える通信を受け取っていないということです。明日、私がなんらかのメッセージを送信したとしましょう。過去の私は、そのメッセージを受信しているはずです。そうでなければ、因果関係がおかしくなります。ですが、私はそのようなメッセージを受け取っていません。いくつか可能性がありますが、もっとも有力なのは、私は明日メッセージを送ることができない、というものです。その次に有力なのは、過去の私がメッセージに気がつかなかったというものです」

「三つ目の可能性があります。あなたは明日メッセージを送ることができるし、過去のあなたはそのメッセージを受信します。そしてその時点で、過去が分岐するのです」

「その可能性も考えましたが、分岐した過去を、私はどのように認識するのでしょうか」

「わかりません。そんなこと、考える時間もありません」

ホワイトはコートの内側から小袋を取りだした。「あなたが希望していた自殺用カプセルが入っています。幸運なのは、KGBが時空間通信について把握していないということです。彼らが時空間通信の技術を手にすれば、世界は悲惨なことになるでしょう。もし何もかもがうまくいかなくてあなたが逮捕されてしまったとしても、絶対にJK427の秘密を口にしてはなりません。もはやどうにもならないとわかったら、カプセルを嚙み砕いてください。苦しむことなく死ぬことができます」

「わかりました。メッセージの文面や送り先などは、自分で考えていいですか？」

「そうですね」とホワイトは言った。「二つのメッセージを送りましょう。一つは、あなたが過去のあなたに現在の状況を伝えるメッセージです。スパイがあなたの情報を流す事態を防ぐため、可能な限り遠い過去がいいでしょう」

「もう一つは？」

「その前に、一つ確認させてください。JK427から送信したメッセージを受信するために必要なのは、電極だけだという話でしたよね」

「そうです」

「どんなものでもいいんですか？」

「ある程度の電荷を帯電することができれば、どんなものでも構いません」

「電信の送受信機があれば大丈夫ですか？」

「ええ、大丈夫だと思います。あなたのオフィスに直接メッセージを送ることも可能です」

「送受信機がどんな旧型でも？」

「わかりませんか、電信自体が実現できる装置であれば問題ないはずです」

「よかった」とホワイトは言った。「二つ目のメッセージが届く可能性があります」

「どんな？」

「共産主義を――つまりこの国の体制を崩壊させるためのメッセージです」

「どういうことですか？」

「詳しく話している時間はないんです。とにかく、宛先と文面は明日の朝までに私が用意して、あなたの自宅に届けます。出勤の時間までに間に合わなかったら、二つ目のメッセージの話はなかったことにしてください」

「わかりました」

《エメラルド》と別れ、周囲に監視の目がないことを確認してから、ホワイトは再度電話ボックスへと向かった。一度目のコールでは電話は取られなかった。頼む、と祈りながら、ホワイトは二度目の電話をかけた。頼む、歴史上最大のミッションの成否がかかってるんだ。今夜はこのミッションにチャレンジするたった一度の機会なんだ。

そして、祈りが届き、「はい」という、寝起きの声が聞こえた。クラインだった。

「夜遅くにすまない。アメリカ大使館のホワイトだ」

「ちょっと、いったい何時だと思ってるんですか」

「申し訳ない。重要な話があるんだ」

クラインは「明日にしてください」と言った。当然の反応だろう。二回会っただけの人間が、深夜に電話をかけてきたのだ。早々に電話を切ろうとする意思が、受話器越しに伝わってくるようだった。

「今じゃなきゃダメなんだ」

「いったいどうしたんですか？」

「電話で話せる内容じゃない。住所を教えてくれ。今から君の家に行く」

「やめてくださいよ」

「申し訳ないが、何があってもやめるわけにはいかない」

「本気ですか？」

「本気だ。頼む、時間がないんだ」

クラインは渋々住所を告げた。最後に「あまりにも時間がかかったらまた寝ますよ」と言って彼は電話を切った。

幸い、それほど離れた場所ではなかった。ホワイトは深夜のモスクワを走った。何度か息が切れて立ち止まり、その度にモスクワ駐在が終わってアメリカに戻ったらジョギングを再開しようと思った。だが、少し冷静になると、未来がどのようなものになろうとも、そんな世界が存在するのか疑わしくなった。自分は今、歴史を破壊しようとしていた。それに成功した場合、その世界に自分は存在するのだろうか。失敗した場合、自分は生きてアメリカへ帰れるのだろうか。

口から心臓を吐きだしそうになりながらも走り続け、電話からちょうど二十分後にクラインの住むマンションに到着した。最後の力を振り絞って階段を登り、部屋のチャイムを鳴らす。クラインはすぐに玄関まで出てきた。狭い部屋の一面に、ロシア語とドイツ語の本が積まれていた。クラインはベッドに腰掛けたが、座る場所の見つからなかったホワイトは立ったまま話をした。

「以前、君が教えてくれたエンゲルスの話をもう一度してほしい。マンチェスターで彼が裁判にかけられたというやつだ」

「どうしてですか？」

「理由は後で説明する。とにかく今は時間がないんだ」

「彼が死んで八十年以上経ちましたが、未だかつてエンゲルス研究に時間が不足したことはありませんよ」

「それが今なんだ。今、このときほどエンゲルス研究が必要とされている瞬間は存在しない」

「なんのことやらさっぱりですが、まあわかりました。裁判の話でしたよね」

クラインはフランクフルト空港で聞かせてくれた話をもう一度した。マンチェスターの父の工場で働いていたエンゲルスが、別の工場を襲撃した事件の容疑者になった。陪審員は有罪に傾いていたが、一人の証人がエンゲルスの無罪を証言した。それによってエンゲルスは流刑を逃れることができた。

「たしか、その証人が電信技師だったという話だ」

「ええ、そうです。ソルフォードのデフォー研究所の電信技師、サミュエル・ストークスです。彼の手記が見つかったんですよ」

「その研究所の正確な位置はわかるか？　当時の地図なんかでもいい」

「デフォー研究所ですか？」

「そうだ」

「そんなの研究対象外ですよ」と答えてから、クラインは続けた。「ですが、デフォー研究所は今もソルフォードの同じ場所にあるはずですよ。今は電話会社が所有していますが。去年、デフォー研究所の倉庫から、裁判記録が見つかったんです」

いくつかの細かな点を確認してから一睡もせずに文面を考え続け、《エメラルド》に渡すメッセージを封筒に入れたのは午前六時だった。完全に書き終わったわけではなかった。電極で発生する電子の放出がメッセージであると気づいてもらうための手続きも不足していたし、メッセージだとわかってからストークスにこちらを信用してもらうための手続きも省いていた。結局、ホワイトに用意できたのは、ワディントン工場が襲撃された日にディフォー研究所に出勤したストークスに向けて、裁判所へ出廷しないように依頼するための、いくつかの単純なメッセージだけだった。

メッセージがきちんと届くのかはわからなかったし、届いたところで伝わるかもわからなかった。それに、伝わったところでストークスがどう動くかもわからなかった。

そもそも、とホワイトは考えた。時空間通信なるものが本当に可能なのかもわからないのだ。大前提として、自分はあまりにも多くのことを仮定しすぎていた。

だがそれでも、たとえ天文学的にわずかでも、すべてうまくいく可能性も存在しているのだ。うまくいったときの期待値があまりにも大きいのなら、試してみる価値がある。

クラインのマンションの外には二台のジグリが停車していて、向かいのビルの二階から誰かがこちらを見ていた。ホワイトが大通りに向かって歩いていくと、ジグリはゆっくりとあとをつけてきた。昨晩はずいぶん派手に動いた。KGBは今、自分の動きに最大限注意しているだろう。通りの向こう側でバスを待つ男や、通行人たちの一部も、おそらくKGBだった。このような厳戒態勢で《エメラルド》に手紙を届けるのはほとんど不可能だろう。どれだけの人数に監視されているかわかったものではない。

ホワイトは監視の目を気にせず、《エメラルド》の自宅の反対方面に向かってゆっくりと歩き始めた。

最後の手紙を届ける役目をクラインに託していたからだった。

二四〇六年、南アフリカ出身の科学者オルセドゥが時空間通信の技術を発見すると、《歴史戦争》と呼ばれる諜報戦争が始まった。二百三十六年という制限があったとはいえ、過去の任意の場所と通信することができたのだ。技術を手にした国々は自分たちに有利に働くよう、それぞれ好き勝手に歴史の改変を始めた。その結果、分岐した無数の世界のせいで《計算量》と呼ばれるものが急激に増加し、時空が非常に不安定になった。素粒子物理学の実験データに不自然な偏り(かたよ)が生まれたり、量子コンピュータに原因不明のバグが起こったりした。

《正典の守護者》は、善意の科学者と歴史学者が共同で発足させたグループが母体になっている。彼らはこの危機を解決するため、二つの仕事をすることに決めた。

一つは《因果の詰まり》と呼ばれる《計算量》を増やす主要因となっている事象の解消で、つまり「過去において受信されているが、まだ送信者が存在していない通信」を受信地点に向けて送信することだった。

もう一つは、時空間通信が発見される前――つまり様々な過去改変が発生する前――に伝えられていたオリジナルの歴史を四次元空間に放出し、過去へ送りこんで保存する活動だった。

各国の動きから、度重なる歴史改変によって頻繁に世界線が変わり、このままでは時空の不安定は永遠に解消されないと予測したグループは、オリジナルの歴史を保存するだけでなく、それ以外の歴史がそもそも存在し得ないようにするためにはどうすればいいかを検討するようになった。彼らはオリジナルの歴史を《正典》と名付け、その《正典》を守るための活動を始めたのだった。こうして《正典の守護者》が誕生した。

《正典の守護者》が他の過去改変グループに先んじていたのは、彼らが《中継者》という仕組みを考案したことにあった。

オルセドゥの時空間通信技術は、単に出力に必要な電力という面だけで言えば、技術的には一九六〇年ごろから実現可能だった。《正典の守護者》はメッセージの受信に耐えうる電極が開発された十九世紀初頭までの六百年を二百年期ごとに三つにわけ、それぞれの時代に《中継者》というエージェントを派遣することにした。

《中継者》の仕事は三つ。

一つは、《因果の詰まり》を解消することだ。この場合の《因果の詰まり》とは「未来において送信されているが、まだ受信者が存在していない通信」を受信する仕事だった。

もう一つは、《正典の守護者》のメッセージを受信し、その時代の電子加速器を用いて過去にリレーする役割だ。《中継者》はそうやって、歴史改変を試みる者たちが入りこむことのできない過去の奥深くまで侵入する。その先回りによって《正典》を固定する。最後の一つは、《正典》を守るための工作活動だ。不正に歴史を改変しようとする者たちの活動を妨害し、その痕跡を抹消する。

クラインが《中継者》になったのは六年前のことだった。高校の理科実験室で不可思議な放電現象を目撃し、その意味を解読した。送り主は二十二世紀の中国人《中継者》で、普段は歯医者をしていると言っていた。クラインの知っている《正典の守護者》に関する情報は、すべてその歯医者から聞いたものだ。もちろん、その歯医者が実在する人物なのか知る術はなかったし、《正典の守護者》が教わった通りの組織なのかどうかも調べる方法はなかった。彼らは何百年も未来の人々だったからだ。

それでも、クラインは《正典の守護者》の指示に従うことにした。ドイツで《因果の詰まり》を解消し、モスクワへ留学した。自分の仕事の仕上げは、次の《中継者》に《正典の守護者》のメッセージを伝えることだった。クラインがメッセージを送る相手は、十九世紀マンチェスターでメッセージを待っているはずの、ストークスという電信技師だった。

クラインの仕事が他の時代に比べて困難だった点は、この時代の送信機は世界にも数台しかなく、どの送信機も自由に使うことができないということだった。そのため、クラインは《正典の守護者》のシナリオに従って、ソ連の科学者とＣＩＡの工作担当員を利用しなければならなかった。トビリシとフランクフルト空港でホワイトという男と話をして、彼を誘導する必要があった。

《正典の守護者》は過去をすべて「理解」していた。《正典》の固定のために必要なメッセージがどんなものか、十分な試行回数を経て知っていたのだ。クラインは彼らの言う通りに行動するだけでよかった。

あの日メッセージを受け取るまで、クラインは絶望していた。人類はどこまでも自己中心的で、世界のどこかでは常に戦争が起こっていた。歴史とは、嘘と迫害の堆積物だった。

クラインは《正典》がどんなものであるのか何も知らなかったし、《正典》が本当に正しい歴史なのかどうかも知らなかった。自分は結果的に共産主義を守る仕事をしたわけだったが、共産主義にも資本主義にも、特にシンパシーは感じていなかった。だが少なくとも、自分よりもずっと多くの知識を持った未来の科学者が、何かのシナリオを《正典》と考え、それを保存しようとしているのなら、その決定に従うべきだと思った。彼らは自分の知っている「過去」の人々よりずっと信用できると思った。

クラインはアントン・ペトロフの自宅マンションの近くで、ホワイトから預かった封筒を細かく千切ってゴミ箱に捨てた。

ペトロフの部屋の前に《正典の守護者》が用意したメッセージを綴った封筒を置いた。

その封筒には、ストークスが十九世紀のマンチェスターで何をするべきか書いてあった。ストークスの時代の技術では送信機を作ることはできない。つまり、彼は六百年先の未来から続いたリレーの《アンカー》だった。彼は《正典の守護者》としての、最後の仕事をしなければならなかった。

クラインはふと、ストークスに宛てられた封筒をこの場で破り捨てたらどうなるのだろうか、と考えた。

しかし、そんなことを考えても意味はない、と悟った。自分はどうせ封筒を破らないし、もし破ったとしても、それはきっと《正典の守護者》が用意したシナリオの一部なのだ。すべての歴史が《正典》に向かって収束していく。それは疑いようのない真理だった。

その日、いち早く出勤すると、ペトロフは実験室にこもってJK427を起動した。昼休みを返上して、二つのメッセージを送信し続けた。自分のメッセージが過去に届いた時点で因果が変わるとするのならば、自分がメッセージを送り終えた瞬間に世界線が移動するはずだ。現に世界線が移動していないということは、まだメッセージが届いていないということだと判断し、ベクトルを細かく調整しながら何度も送り直した。

アメリカ人が用意した文面は長大で、送信には時間がかかった。暗号化されていたので内容まではわからなかったが、彼はこの体制が崩壊するメッセージだと言っていたはずだ。どのようなメッセージを誰に送ればそんなことが可能になるのかわからなかったが、KGBが実験室にやってくるまでに、そのメッセージを届けることができればいい、と思った。アメリカ人からもらったカプセルは、いつ拘束されても大丈夫なように、常に舌の上にあった。いつでも死ぬことができると思えば、怖いものはなかった。

ペトロフは三日間にわたって、朝から晩までメッセージを送り続けた。

KGBの捜査官が実験室にやってきたとき、ペトロフは自分に許された時間がついに終わったのだと悟った。死のうと決めてから、少しだけ躊躇した。その日の朝、息子のイリヤに「新しい西側音楽のカセットがほしい」と言われたことを思い出したからだった。せめて彼の将来が明るいものになることを祈りつつ、もしくは分岐した過去で彼が好きな音楽を聞けていることを願い、ペトロフはカプセルを噛み砕いた。

「それでは、弁護側証人、サミュエル・ストークス、前へ」

判事の言葉に「はい」と小さく答え、ストークスは立ち上がった。何を喋るべきか、すべて《中継者》が教えてくれていた。

「ソルフォードのデフォー研究所で、クック・アンド・ホイートストン式電信機の技師をしているストークスです」

「ストークスさん、一八四三年十二月八日、ワディントン工場が襲撃された日に何を見たのか、ご説明お願いします」

「わかりました」とストークスはうなずいた。「その日は研究所の創立記念日で、研究所は休みだったのですが、いくつかの外国資本の工場と交渉していた新型の電信機の設定に不安があったので、微調整をするために出勤していました。すべての作業を終えて帰宅しようとしたとき、門の前に一人の紳士が立っているのを見ました。私は彼に『今日は休みですよ』と伝えました。紳士は『そうだったのですか』と残念そうに肩を落としました。私は彼を残し、研究所を去りました」

法廷弁護士は「二点ほどお聞きしたいことがあります」と言った。

「まず一点、あなたがその紳士を見て、短い会話をしたのは何時ごろでしたか？」

「誰かが出てくるのを待っていたのか、紳士はしばらく門の前にいたようでした。最初に彼を目撃したのは午後六時ごろで、彼と話をしたのは午後七時ごろです」

「もう一点、あなたが話をした紳士は誰ですか？」

「今被告人席に座っているフリードリヒ・エンゲルスです。間違いありません」

法廷弁護士は満足そうに「私からは以上です」と言って座った。想定外の目撃者の登場に焦った検察官が、ストークスにいくつかの質問をしてきた。時刻や日付に間違いはないか、話した相手がエンゲルスであるという確証はあるか。

すべて《正典の守護者》が予測していた通りの質問だった。ストークスは、それらの質問に台本通り答えた。自分にメッセージを送ってきた《中継者》は、「ドイツ人の学生であるとも言えるし、ロシア人の科学者でもある」と言っていた。未来の世界は、どのようになっているのだろうか。

その後、何人かの性格証人が現れ、フリードリヒ・エンゲルスの素晴らしい人格について話をしていったが、ストークスは自分が証言した時点で実質的に裁判の決着がついていると確信していた。

すべての証人が証言を終えると、陪審員たちは判決をまとめるために退廷した。外が薄暗くなり、法廷内の照明が順に灯されていった。

《中継者》からのメッセージによれば、エンゲルスは《正典》を前進させるためにきわめて重要な役割を担っているようだった。彼が《正典》通りに歴史を進めることを防ごうと暗躍した者もいるという。

午後六時、一時間ほどの議論を経て、十二人の陪審員たちが法廷に戻ってきた。陪審員席の前列中央に座っていた男が、判事の指示で判決を言い渡した。

「結論がまとまりました――」

陪審員長の男は、ゆっくりと傍聴席を見渡してから、最後に判事を見た。判事が軽くうなずいた。

「――フリードリヒ・エンゲルスは無罪です」

法廷内は、驚きとも納得とも形容しがたい、何とも言えぬ沈黙に包まれた。

ストークスはエンゲルスの顔を見た。彼は「当然だ」と言うように、毅然とした表情で陪審員を見つめていた。

解説

京都大学推理小説研究会所属
鷲羽 巧

本書『嘘と正典』の魅力を「ジャンル越境的」とひとまず表現しておこう。ミステリやSFの技法を駆使しながら、単一の枠組みに収まりきらない広がりを持っている。

この感想は本書に限らない。小川哲のデビュー作『ユートロニカのこちら側』は架空の都市を舞台とした連作短篇だが、収録作のジャンルはエモーショナルな家族小説からシリアスな推理小説まで幅広い。第三十八回日本SF大賞と第三十一回山本周五郎賞の二冠に輝いた『ゲームの王国』も、上巻のポル・ポト政権下のカンボジアを題材にとった歴史小説から、下巻の思弁的なSF小説への跳躍に驚かされる。最新作『地図と拳』は二十世紀前半の満州を描く大長篇で、単線的に歴史を辿るのではなく、青春から戦争、謀略までさまざまなジャンルの物語を切り換えながら、地図、暴力、都市、物語、と無数のテーマを語ってゆく。

このような「ジャンル越境的」な印象を、わけてもはっきり与えるのが本書である。第百六十二回直木賞の候補にもなり、『ゲームの王国』に続いて作者の評価をいっそう揺るぎないものにした。

筆者も『ゲームの王国』の時点で凄い作家だと圧倒されていたが、小川哲のファンであることを公言するようになったのは本書所収の「魔術師」を読んでからだった。どんな作品であるかは後述するが、ミステリでもありSFでもあり、しかしそのどちらにもとらわれない同作にジャンル観を揺さぶられ、打ちのめされ、すっかり魅せられたことをよく憶えている。

では、「ジャンル越境的」とはどのような作風なのか。

小川哲は高山羽根子との対談（『小説TRIPPER　二〇二一年夏季号』掲載「新たな小説の分岐を求めて」）において、小説のジャンルを「スタイル」と「ストーリー」と「テーマ」に分けている。純文学は「スタイル」、つまり文体や心持ち、作者の型が求められ、SFはスタイルに制限がない「テーマ」のジャンル、ミステリは「ストーリー」のジャンルとして物語の形式が決まっている、と。三つは相互作用しつつも別の尺度であり、だからミステリとSFの同居は可能であるわけだ。「ジャンル横断」という表現にはピンとこないとさえ述べている。この解説の出鼻を挫かれたようだけれども、「ジャンル横断」というジャンル——いわゆるスリップストリーム文学にも収まるつもりはないのだ、と受け取ることもできる。小川哲は様々なスタイル、テーマ、ストーリーを駆使するが、それらは全て小説という「嘘」をつくためであって、手段にすぎないのかもしれない。その自由さが、ジャンルにとらわれている自分のような読み手には、越境的に見えるのだろう。

本書は「時間」や「歴史」をテーマにした作品が集められているが、狭義の「時間SF」に収まるような作品はほとんどない。さまざまなジャンルに跨がる小説を、「時間」が結んでいるといった方がしっくりくるだろう。では本書における「時間」とは何か。それはまず個々の作品を簡単に見ることで、わかっていただけると思う。

「魔術師」（初出：SFマガジン二〇一八年四月号）

マジシャンの父が最後に披露した舞台。人生をかけたその大魔術は、娘によって再演される——。父親が仕掛けた魔術の種は一応ミステリ的な解決を与えられるが、必ずしもそれが答えというわけではなく、超自然的な解決の余地は残されている。幕切れの意味も含め、謎はひとつの答えに収束しない。しないのに、驚きと余韻をもたらすショーとしては成立してしまっている。まるで作品そのものがマジックのようだ。

いちミステリアァンの観点から述べると、小説と人生とトリックが一致してしまうこの驚異は連城三紀彦の諸作を想起させる。何より連城と本作が共通しているのは、小説を「仕掛ける」ために駆使される卓越した文章技巧だ。単に文章が上手であるだけではない。マジックになぞらえていえば、冴えているのは演出や語りの妙。そもそも「語り／騙り」は小説が仕掛けられる、唯一にして最大のトリックだろう。

「ひとすじの光」（初出：SFマガジン二〇一八年六月号）

父が残した馬と原稿から始まる、短くも濃密な探求の旅。マクロな歴史から、競馬史、家族史、個人史、断片的な記憶まで。あるいは、父の書いた原稿と、いま書かれている小説それ自体と。これら複数のスケールとレイヤー、語りを自在に行き来しながら、小説は過去を辿り、歴史と併走し、現在へと還ってくる。ゴールであると同時にスタートであるその結末は感動的だ。競走馬を擬人化する『ウマ娘』シリーズがアニメにゲームにと人気を博し、競馬への間口が広がっているいま、本作の扱う題材やテーマは元々の競馬ファンだけでなく、より遠くまで届くだろう。

収録作で唯一SF的な設定や小道具が登場しない本作は「魔術師」とはまた違ったかた

ちでジャンルの枠組みにとらわれていない。とはいえSFと競馬は決して無縁ではなく、SF作家でもあり競馬評論家でもあった山野浩一という補助線を（無理やりにでも）引いて読むことは可能だろう。そこに浮かび上がるテーマは、血脈――人間を縛り付け、しかし同時に、究極的な拠り所ともなるものだ。ゆえに本作では父親という存在が重視されている。「魔術師」でも扱われたこのテーマは「ムジカ・ムンダーナ」においても、繰り返し語られることになるだろう。

「時の扉」（初出：SFマガジン二〇一八年十二月号）

「王」へ向けて語られる、時間と歴史をめぐる三つの寓話。千夜一夜物語の形式を採用しているが、直接的な参照元はテッド・チャン「商人と錬金術師の門」と思われる。

この奇妙な千夜一夜物語を聞いている「王」とは誰で、本作におけるシェヘラザードは誰なのか。その名を明かすことは避けるけれども、形式は寓話的でテーマは抽象的なのに語られる内容は具体的な歴史という乖離がまず面白い。曖昧模糊とした手触りのなか、具体性を持った細部が電撃的に閃く。この感触こそ本作の肝だ。謎の語り手は云う――「これから永遠に、この物語に仕掛けられた無数の細部があなたの過去を傷つけます」。

本作は時間についての小説だが、時を超え、過去を変えるための装置を必要としない。

そこで駆使されるのは、広く捉えれば、言葉だ。小説も記憶も歴史も、嘘も正典も、言葉によって記述される。だとすれば言葉を操ることで歴史や真実を改変できるし、逆に、言葉にすれば過去を残すことができる。そんな言葉の威力が、「時間」というテーマの裏で本書を貫くもうひとつのテーマである。

「ムジカ・ムンダーナ」（初出：ＳＦマガジン二〇一九年六月号）

音楽が財産として所有され、貨幣のように取引されるデルカバオ島で、父が残した音楽の由来を探る。本作ではフォークロアと音楽、宇宙、そして家族といったテーマが繋ぎ合わされてひとつになっている。バトンリレーのように、エピソードからエピソードへ、記憶から記憶へ。冒頭、デルカバオ島出身の男は「言葉も音楽も同じだ」と云う。「ひとつひとつがあって、組み合わさって意味が生まれる」。

リレーがたどり着くのは宇宙的なヴィジョン。家族、とりわけ父親のしがらみは本作でも描かれているが、そこから一気にイメージを飛躍させるラストは開放的だ。

「最後の不良」（初出：Ｐｅｎ二〇一七年十一月一日号）

流行が失われた時代に、ひとりの編集者が立ち上がる。特攻服に身を包み、改造単車にまたがって――。ここまでの四篇とは初出媒体が違うこともあってか、趣を異にする一篇。作中に登場する雑誌は『Ｐｅｎ』のパロディと思われる。

一見して時間とは関係のない作品だが、テーマとなる「流行」を、しがらみでありながらも個人を規定するものとして捉えるならば、本書においては「歴史」や「家族」と同じようなものだといえる。もちろんそこまで真面目に読まずとも、どこまで真面目かわからない笑いを気軽に楽しんだって良い。ただ、この「どこまで真面目かわからない」という困惑は、小川哲作品につきまとうものだとは指摘しておきたい。

「嘘と正典」（単行本への書き下ろし）

ＣＩＡ工作員とモスクワのエンジニアが接触するスパイ小説は、歴史改変をめぐる壮大な時間ＳＦへ展開してゆく。ほかの収録作品のテーマや技巧を取り入れ、伏線のように踏まえながら、一冊の本として締めくくる中篇。

前述した「どこまで真面目かわからない」困惑は本作にも覚える。唐突に繰り出される《》で括られた造語の数々は仰々しく、ＳＦ小説であることに自覚的過ぎてパロディのようだ。この書き方の意味は？　明らかに超自然的なガジェットが本作だけに登場するのもなぜだろうか？

こう考えてみる。本作において歴史改変の鍵を握る学生クライン。物語の外枠と思われた歴史改変SFは、彼の創作なのかもしれない。だとすれば外枠の部分について、造語が並ぶ一方でディテールが見えてこないことも説明できる。何より、そう考えると本作の構造は、クラインの壺のような捩れを帯びる。

以上は穿ちすぎた読み方だけれど、このような想像を呼び込む「どこまで真面目かわからない」感覚は、現代において歴史改変SFを書くために重要だ。歴史について嘘をつく小説は、規模が大きくなるほど陰謀論的な空想に近づいてしまう。この危うさに対して、本作は《中継者》のような造語を連発することで、「どこまで真面目かわからない」距離感を維持している。

*

最後に、個人的な話をしたい。

四年前、「魔術師」を読んだ自分は推理小説研究会やSNSで薦めまくった。サークル活動やファンダムでの交流を重ねるなかで、自分と「魔術師」を紐付けて記憶してくれるひとも現れた。単行本版『嘘と正典』刊行に先立って同作が無料公開された際も、周囲の高い評価を聞いて自分のことのように嬉しくなったものだ。京都SFフェスティバルで実行委員の方から「鷲羽さん」と声をかけられたのは、そんな「布教」活動の結果だった。「小川哲先生がお呼びです」。

一介の大学生に過ぎない自分がいまこの解説を書いていることも、「布教」活動の延長線上にある。自分でも思いがけない場所まで来たと思う。少しでも過去が違えば――SFマガジンで「魔術師」を読まなければ、SNSをやっていなければ、京フェスに参加していなければ――解説者・鷲羽巧は存在しなかっただろう。

たったひとつの「もしも」が全体を揺るがしかねない一方で、大いなる流れが小さなひとびとを呑み込んでゆく。「時間」や「歴史」、あるいは「流行」と、本書において様々なかたちで顔を出すそんな構図のなかに、ぼく自身もいる。もしかすると、本書を手に取っている、あなたも。

ぼくにとっての「魔術師」を、あなたも本書に見つけるかもしれない。文庫化を機にあなたが『嘘と正典』を読むのなら、それもひとつの「越境」だ。

本書は、二〇一九年九月に早川書房より単行本
として刊行された作品を文庫化したものです。

著者略歴　1986年千葉県生，東京大学大学院総合文化研究科博士課程退学。『ユートロニカのこちら側』で第３回ハヤカワＳＦコンテスト大賞受賞　著書『ゲームの王国』（以上早川書房刊）他

HM=Hayakawa Mystery
SF=Science Fiction
JA=Japanese Author
NV=Novel
NF=Nonfiction
FT=Fantasy

嘘と正典

〈JA1527〉

二〇二二年七月　十五　日　発行
二〇二四年七月二十五日　四刷
（定価はカバーに表示してあります）

著　者　小川　哲
発行者　早川　浩
印刷者　西村　文孝
発行所　株式会社　早川書房

郵便番号　一〇一 - 〇〇四六
東京都千代田区神田多町二ノ二
電話　〇三 - 三二五二 - 三一一一
振替　〇〇一六〇 - 三 - 四七七九九
https://www.hayakawa-online.co.jp

乱丁・落丁本は小社制作部宛お送り下さい。
送料小社負担にてお取りかえいたします。

印刷・精文堂印刷株式会社　製本・株式会社フォーネット社

ISBN978-4-15-031527-6 C0193

本書は活字が大きく読みやすい〈トールサイズ〉です。